RETTE MICH, COWBOY

Turner Creek Ranch Serie, Buch Zwei
(Die Cowboys von Mule Hollow)

DEBRA CLOPTON

Rette mich, Cowboy
Copyright © 2022 Debra Clopton Parks

Rette Mich, Cowboy

Kann die Liebe ihn wieder nach Hause bringen?

Nachdem er seine große Liebe verloren hat, verdrängt Cole Turner seinen Schmerz, tauscht sein Pferd gegen ein Motorrad ein und wird zum Helfer in der Not, der sein Leben lebt, um beim Wiederaufbau in von Naturkatastrophen betroffenen Regionen zu helfen. Auf dem Heimweg für einen Besuch auf seiner Familienranch wird er von einer schönen, ausgesprochen streitlustigen Tierärztin, die am Steuer eingeschlafen ist, von der Straße gedrängt und plötzlich erwacht zum ersten Mal, seit er die Tür zu seinem Herzen geschlossen hat, eine Flamme zum Leben … die verrückte Frau braucht Hilfe, ist aber zu stur, es zuzugeben.

Susan Worth braucht vielleicht Hilfe, aber der ärgerliche Wandervogel mit seiner Harley, der ihr seine Hilfe anbietet, ist nicht der Richtige für den Job – oder ist er zu richtig, und sie hat Angst? Denn die Kuppler von Mule Hollow werden aktiv – darunter Coles älterer Bruder, der selbst ein paar Kuppelversuche startet. So werden Cole und Susan zur Zusammenarbeit genötigt, Funken fliegen, breiten sich wie ein Lauffeuer aus und drohen, alles auf ihrem Weg zu verbrennen.

Die Stadt genießt die Show, und alle sind begeistert, Cole wieder zu Hause zu haben, und fest entschlossen, dass er bleiben wird, wenn sie ein Wörtchen mitzureden haben.

Willkommen auf der Turner Creek Ranch, wo das Vermächtnis der Liebe stark ist.

KAPITEL EINS

Susan Worth rieb sich die Augen und kämpfte gegen die Erschöpfung an, die sie zu überwältigen drohte. Sie hatte den Großteil der Nacht damit verbracht, das Leben eines ungeborenen Kalbes und einer Kuh zu retten, und nur das Adrenalin hatte sie wachgehalten. Notfälle hatten sie drei Nächte hintereinander vom Schlafen abgehalten, und sie konnte sich kaum auf den Beinen halten – das Dröhnen des Motors ihres Trucks und die dunkle, menschenleere Straße arbeiteten gegen sie. Sie schloss ihre Finger fester um das Lenkrad, setzte sich aufrecht und konzentrierte sich darauf, die Augen offenzuhalten.

Sie hatte noch eine Stunde Autofahrt vor sich, um nach Hause zu kommen. Wieder einmal war sie mitten in der Nacht allein auf einer menschenleeren Straße unterwegs, auf halbem Weg der siebzig Meilen zwischen der kleinen Ranchstadt Mule Hollow und der größeren Stadt Ranger, wo sich ihre Tierklinik und ihre Wohnung befanden – noch.

Sie liebte ihren Job und hatte hart für ihre Karriere als Tierärztin in einer Kleinstadt gearbeitet. Doch das anstrengende Tempo war manchmal zu viel. Am Steuer einzuschlafen war ein Risiko für jeden, der einen ganzen Tag arbeitete und nachts zu Notrufen fuhr. Umso mehr für sie, da ihre Farmtierklientel in der Gegend von Mule Hollow so groß geworden war – großartig für den Umsatz, doch schlecht für den Körper.

Und schlecht für ihr Privatleben. Da ihre Arbeitszeit immer länger wurde, hatte sie so gut wie kein nennenswertes Leben nach der Arbeit mehr. Sie blinzelte und warf einen Blick auf die Uhr – zwei Uhr morgens. Das war die dritte Nacht in Folge, in der sie so spät unterwegs war. Und der dritte Tag in Folge, an dem sie keine Zeit gehabt hatte, den verlorenen Schlaf nachzuholen. Notfälle am Tag und geplante Termine für Kleintiere hatten ihr die Hände gebunden, doch sie war gewarnt worden, dass es so sein würde. Der pensionierte ältere Tierarzt hatte ihr gesagt, dass sie sich als Frau auf kleine Tiere konzentrieren und die großen Tiere einem Mann überlassen sollte. Dieser Rat hatte ihr gar nicht gefallen.

Sie lächelte und erinnerte sich müde daran, wie

beleidigt sie gewesen war. Doch ihr Vater hatte immer gesagt: „Susan, hör dir alle Ratschläge an, dann mach es auf deine Art." Und das hatte sie getan.

Sie hatte ihre Klinik gekauft und die damit verbundene treue Kleintierklientel übernommen. Doch obwohl sie Hunde und Katzen sehr liebte, war ihre Leidenschaft die Arbeit mit großen Tieren. Sie hatte diese Klientel mit aller Macht umworben und den Männern, die ihr eine Chance gegeben hatten, bewiesen, dass sie wusste, was sie tat. Sie liebte Pferde und Rinder, und mit ihrem Ruf wuchs auch das Geschäft. Jetzt betrieb sie Raubbau mit ihrer Gesundheit.

Sie liebte ihr Leben. Sie tat es wirklich … doch etwas musste sich ändern, und sie wusste das. Entweder das, oder sie würde abstürzen und verbrennen. *Vielleicht auf dieser Straße, wenn du dich nicht zusammenreißt!*

Sie rieb sich den Hals und starrte auf die Straße. Vor ein paar Wochen hatte sie sich endlich dazu gezwungen, zu dem Schluss zu kommen, dass sie eine Veränderung wollte … eine Familie. Sie hatte ihre Mutter während der Geburt verloren und war bei ihrem Vater aufgewachsen. Seit seinem Tod hatte sie sich so allein gefühlt, und keine Arbeit der Welt konnte etwas daran ändern. Ihr Vater hatte sein Leben mit Arbeit gefüllt, und sie hatte ihr ganzes Leben lang danach gestrebt, ihm zu gefallen, doch sie brauchte mehr. Er hatte sie gehabt ... sie hatte jetzt niemanden mehr.

Als sie fast sofort, als ihr klargeworden war, dass sie etwas ändern wollte, ein Angebot für ihre Kleintierklinik bekommen hatte, hatte sie es angenommen. Das Timing war perfekt gewesen.

Seufzend schüttelte sie den Kopf, um sich wachzuhalten – diese Woche hatte ihr gezeigt, dass sie die richtige Entscheidung getroffen hatte. Sie hoffte, dass die Verlegung ihrer Großtierklinik nach Mule Hollow, ins Herz ihres Geschäfts, auch ihrem Liebesleben Auftrieb geben würde. Nur die Zeit würde es zeigen.

Susan schüttelte erneut den Kopf, ihr Kinn sackte auf ihre Brust, und ihr wurde klar, dass sie für einen Moment die Augen geschlossen hatte. Sie hatte noch fünfzig Meilen vor sich.

Konzentrier dich, Susan. Sie holte tief Luft und drückte auf den Knopf, um ihr Fenster herunterzufahren. Sie atmete die frische Luft ein. Sie dachte daran, den Kopf aus dem Fenster zu halten, tat es aber nicht. Stattdessen ließ sie ihre Gedanken kreisen. Es war nicht so, dass sie kein Date finden konnte. Von Zeit zu Zeit hatte sie kurze Beziehungen. Betonung auf kurz, denn entweder entpuppten die Männer sich als Loser, oder die Netten interessierten sich für eine Frau, die sich weniger auf ihre Arbeit konzentrierte. Wie die meisten von ihnen sagten, „eine Frau, die nicht von ihrer Arbeit besessen ist". Wer könnte es ihnen verdenken? Ein Mann wollte natürlich, dass eine Frau für ihn da war. Eine Frau, die in einer normalen Woche hundert oder mehr Stunden arbeitete, war nicht gerade das, was ein Mann als Heiratsmaterial bezeichnen würde …

Susans Augen fielen zu.

Ein Lichtblitz ließ sie aufschrecken, und sie sah ein Motorrad im Licht ihrer Scheinwerfer, gerade, als ihr Truck von der Straße abkam. Und direkt auf eine Baumgruppe zuschoss!

„Oh Gott!", keuchte sie, als der Truck über den unebenen Boden sprang und das hintere Ende ausbrach und sie ins Schleudern kam. Susan kämpfte um die Kontrolle, als der Truck mit der Breitseite auf die großen, massiven Bäume zu rutschte – doch es half nichts. Ein Gedanke kam ihr, als sie sich verzweifelt am Lenkrad festhielt und alles begann, sich zu drehen – sie hatte die Entscheidung getroffen, ihr Leben zu ändern, doch vielleicht zu spät.

Am Steuer saß eine Frau.

Ihre Arme waren über dem Lenkrad überkreuzt und ihre Stirn ruhte darauf. Sie bewegte sich nicht.

Cole Turners Herz hämmerte gegen seine Rippen.

Um zwei Uhr morgens auf seiner Harley einem Pickup auszuweichen war nicht seine Vorstellung von einem großartigen „willkommen Zuhause" gewesen.

Doch es war genau das, was gerade passiert war. Er ließ seinen Helm zu Boden fallen, als er eine Hand auf das offene Fenster legte. „Ma'am. Sind Sie in Ordnung?" Seine Eingeweide zogen sich vor Anspannung zusammen, als sie nicht antwortete, und die Haare in seinem Nacken richteten sich auf. „Ma'am?", fragte er noch einmal mit mehr Nachdruck. Sein Adrenalin pumpte, und er sprach lauter. „Können Sie mich hören?" Als sie immer noch nicht reagierte, griff er durch das offene Fenster, um nach ihrem Puls zu suchen. Ihre Haut war warm, und bei seiner Berührung hob sie den Kopf. Erleichterung durchströmte ihn, als sie ihn benommen ansah.

Susan Worth.

Er erkannte sie – sie war die Tierärztin, die sich um die Tiere auf der Ranch seines Bruders in Mule Hollow kümmerte. Seth schien von ihr übermäßig beeindruckt zu sein und lobte sie oft, wenn sie telefonierten.

Doch Cole war bei weitem nicht so beeindruckt gewesen, als Seth sie ihm vor sechs Monaten auf seiner Hochzeit vorgestellt hatte – die Frau hatte Cole keine Beachtung geschenkt.

„Cole –", sagte sie mit zitternder Stimme.

Das Zittern berührte ihn, und trotz der Abfuhr tat sie ihm leid. „Cole Turner, zu Ihren Diensten", sagte er gedehnt, öffnete ihre Tür und bot ihr ein Lächeln und seine Hand an. Sie aus dem Truck zu holen würde ihr helfen, wieder etwas Farbe ins Gesicht zu bekommen. Sie war so blass wie das Mondlicht, das auf sie fiel. „Bist du okay?"

„Ich bin eingeschlafen …", sagte sie, und starrte ihn fassungslos an. „Ich kann nicht glauben, dass ich eingeschlafen bin." Unglaube verwandelte sich in Empörung.

Sie runzelte die Stirn, rutschte vom Sitz und ignorierte seine angebotene Hand. Er streckte die Hand aus, um ihr trotzdem zu helfen. Langbeinig und schlaksig in ihren Jeans und Stiefeln war sie fast so groß wie er. Er hatte vergessen, wie schön sie war, trotz der Müdigkeit und des Schocks, die ihr Gesicht zeichneten.

„Du hast sicher hart gearbeitet", sagte er. Er nahm an, dass sie wegen eines Notfalls so spät unterwegs war.

„Das ist keine Entschuldigung", schnaubte sie. „Ich hätte nicht einschlafen dürfen."

Die Tierärztin wollte sich also keine Pause gönnen. „Du hast recht, das hättest du nicht tun sollen. Aber es ist passiert." Das brachte ihm einen erschrockenen Blick ein. „Tatsache ist, du siehst aus, als würdest du gleich umkippen. Was machst du hier mitten im Nirgendwo um zwei Uhr morgens, wenn du so erschöpft bist?" Und was tat er, seine Nase in Dinge zu stecken, wo sie nicht hingehörte?

„Ich bin Tierärztin. Ich wollte nach Hause nach Ranger, nachdem ich einen Notfall versorgt habe – bei deinem Bruder. Fast hätten wir eine Mama und ihr ungeborenes Kalb verloren."

„Du warst bei uns? Seth hat dich in diesem Zustand nach Ranger zurückfahren lassen?", fragte Cole entsetzt. Müdigkeit hing wie eine dunkle Wolke über ihr – das musste Seth gesehen haben. „Was hat sich mein Bruder nur dabei gedacht? Ein Blick und jeder kann sehen, dass du nicht in der Verfassung bist zu fahren. Schau in den Spiegel – du siehst aus, als hättest du seit Tagen nicht geschlafen."

Sie straffte ihre Schultern. „Ich bitte um Entschuldigung. Seth hat mich nichts tun lassen. Ich habe meinen Job gemacht, das Kalb gerettet und bin dann gefahren – es geht Seth nichts an, was ich danach tue. Und es ist auch nicht deine Sache …"

Das reichte. „Susan, es ist zwei Uhr morgens. Und als du mich fast mit deinem Truck über den Haufen gefahren hast, hast du es irgendwie zu meiner Sache gemacht. Denk also nicht einmal daran, mich anzublaffen. Vier Sekunden weiter die Straße runter, und du wärst zur gleichen Zeit über die Kuppe gekommen wie ich. Dann hättest du mich mit deinem Truck von der Straße gewischt, während du dein kleines Nickerchen gemacht hast." Er trampelte Grenzen nieder, und er wusste es. Doch er war an viel zu vielen Rettungen und Bergungen beteiligt gewesen, bei denen die Opfer keine Mitschuld getragen hatten … jeden Tag starben gute Menschen ohne eigenes Verschulden. In ihrem Zustand zu fahren war fahrlässig, und er hatte erlebt, was fast passiert wäre – das machte es zu seiner Sache. Ob sie es wollte oder nicht.

Er hatte nicht darum gebeten, doch er war nicht der Typ, der den Schwanz einzog, wenn er Leben retten konnte. Sogar das einer Frau, die vor sechs Monaten einen Blick auf ihn geworfen und ihre hübsche Nase so hoch in die Luft gereckt hatte, dass sie, wenn es angefangen hätte zu regnen, auf der Stelle ertrunken wäre.

Nein, wenn es etwas gab, das er nicht leiden konnte, dann eine hochnäsige Frau. Doch er konnte auch nicht guten Gewissens einfach weggehen. Von Susan fast über den Haufen gefahren zu werden, war das Letzte, womit er gerechnet hatte, als sein Bruder Wyatt ihn praktisch erpresst hatte, zu Besuch nach Hause zu

9

kommen. Es hätte ihn nicht gestört, sie nicht wiederzusehen, solange er in der Stadt war.

Susan hob plötzlich die Finger an ihre Schläfe und als er sie ansah, glaubte er, dass seine Worte ins Schwarze getroffen hatten.

„Wenn du es wissen musst … ich hatte drei Nächte hintereinander Notfälle", sagte sie. „Außerdem hatte ich tagsüber einen vollen Terminkalender, sodass ich nicht viel Zeit zum Schlafen hatte."

Ihre Ausrede tropfte an Cole ab wie Wasser vom Rücken einer Ente. „Für manche Dinge nimmt man sich Zeit. Ein toter Tierarzt kann keine Patienten behandeln – egal wie voll der Terminkalender ist. Ist dir nicht klar, wie knapp das gerade war?"

Sie zuckte zusammen. „Es ist aber nicht passiert –"

„Du stures Weib!" Cole schüttelte den Kopf, als er merkte, dass das nirgendwohin führte. „Das ist Zeitverschwendung. Komm, ich bring dich nach Hause. Morgen früh kümmern wir uns um deinen Truck."

Susan fühlte sich wie in einem großen Tunnel voller dichtem Nebel, als sie Cole anstarrte. Sie versuchte immer noch, zu verarbeiten, was gerade passiert war. Am Steuer einzuschlafen war schrecklich; einen Motorradfahrer fast von der Straße zu drängen war entsetzlich; sich fast umzubringen war überhaupt nicht gut. Doch als sie nach all dem aufgeblickt und den umwerfend attraktiven Cole Turner gesehen hatte, der sich in ihr Fenster lehnte, machte das alles viel besser. *Sie hätte den armen Mann fast überfahren!*

Sie konnte ihn nur anstarren, als er sie wie ein Schulmädchen ausschimpfte. Seine Augen, die wie die kalten Wellen eines wütenden Ozeans aussahen, raubten ihr den Atem. Bei der Hochzeit seines Bruders war es genauso gewesen, als sie ihn zum ersten Mal getroffen hatte.

„Nun", sagte er gedehnt und hob eine lächerlich attraktiv geschwungene Augenbraue – *oh, verdammt nochmal!* Sie war so müde, dass sie jetzt bemerkte, wie schön geschwungen seine Augenbrauen waren.

„Schau, es tut mir leid", sagte sie und kämpfte darum, ihren Kopf klar zubekommen. „Ich tue gerade, was ich kann."

„Das ist nicht gut genug."

„Entschuldigung?" Sie mochte sich schuldig fühlen, doch wenn er dachte, sie würde zulassen, dass er ihr noch mehr Schuldgefühle einredete, irrte er sich – tatsächlich fing er an, sie wütend zu machen. „Ich gehe nirgendwo mit dir hin. Mein Truck ist okay –"

„Du bist nicht okay."

„Das bin ich sehr wohl", widersprach sie. „Und was machst *du* überhaupt hier um zwei Uhr morgens? Ich dachte, du rettest Menschen an der Küste."

„Ich habe entschieden, dass es an der Zeit ist, für einen Besuch nach Hause zu kommen. Irgendwo in Waco habe ich beschlossen, die Nacht durchzufahren. Das ist auch gut so, denn du warst diejenige, die gerettet werden musste … weswegen ich dir nicht abnehme, dass du okay bist." Er neigte den Kopf und ließ eine dicke Haarsträhne über seine Stirn gleiten.

Susan rieb sich die Schläfe und starrte den Mann an, den die Leute von Mule Hollow den Rolling Stone nannten. Er hatte die Stadt direkt nach der Highschool verlassen und war selten zu Besuch nach Hause gekommen. Wahrscheinlich wünschte er sich, er wäre heute Nacht weggeblieben. Sie wusste, dass sie lächerlich klang, wenn sie leugnete, erschöpft zu sein. Der Ausdruck in seinen Augen sagte ihr, dass er wusste, dass sie umkippen würde, wenn er nur stark genug pustete.

„Du hast recht", sagte sie zögernd. „Ich brauchte deine Hilfe. Aber es geht mir gut. Wirklich. Ich hätte dich fast überfahren. Das Letzte, was ich tun werde, ist, mich von dir zurück nach Ranger fahren zu lassen." Besonders auf einem Motorrad ... sie hatte Angst vor diesen Dingern. Nicht, dass sie es wagen würde, ihm das zu sagen, dachte sie, als sie sich wieder ihrem Truck zuwandte.

„Whoa, immer langsam. Betrachte es aus meiner Sicht." Er legte eine Hand auf ihren Arm, um sie aufzuhalten. „Ich kann dich nicht wieder in den Truck einsteigen lassen. Was für ein Mann wäre ich, wenn ich das täte?"

Seine Hand war warm, und seine Fingerkuppen waren rau auf ihrer Haut – ein Prickeln durchflutete sie. Whoa – der Mann versuchte ihr zu sagen, was sie zu tun oder zu lassen hatte, und sie dachte an prickelnde Haut! Was war mit ihr los? Das war nicht akzeptabel. „Cole, ich brauche dich nicht – ich kann auf mich selbst aufpassen", sagte sie und sah ihn entschlossen an. Sie hatte ihr Leben damit verbracht, zu lernen, auf eigenen Beinen zu stehen. Sie brauchte keinen quasi-Fremden, der ihr sagte, was sie zu tun hatte.

Doch das Letzte, was sie erwartete, war, dass er an

ihr vorbei griff und ihre Schlüssel aus dem Zündschloss zog.

„Offensichtlich kann man mit dir nicht vernünftig reden", sagte Cole. „Tut mir leid, aber du kommst mit mir. Ende der Geschichte."

„Cole Turner, gib mir meine Schlüssel!", rief sie. „Sofort."

„Ich mag das Feuer, das du da angezündet hast, Darlin', aber nein. Du verstehst sicher, dass ein Freund einen Freund nicht trinken und fahren lassen würde, und ich werde dich nicht schlafen und fahren lassen."

Sie funkelte ihn im Mondlicht an und streckte eine Hand aus. „Dann schlafe ich in meinem Truck. Gib mir die Schlüssel! Sofort."

„Auf keinen Fall." Er ging um sie herum und blockierte die Tür des Trucks, während er den Schlüssel wieder ins Zündschloss steckte, den Knopf drückte und wartete, bis das Fenster zufuhr.

„Cole Turner", knurrte Susan hinter ihm.

Sein Rücken brannte von der Hitze ihrer Wut. Er ignorierte sie, steckte den Schlüssel sicher in seine Tasche, verriegelte die Tür und knallte sie dann fest zu. Als er sich umdrehte, hatte sie ihre Hände in die Hüften gestemmt und schoss mit ihren blitzblauen Augen Dolche auf ihn. Er mochte ihre Augen.

„Du bist nicht lustig, Cole. Ich will meine Schlüssel."

Sie war hartnäckig. „Gib's auf, Doc. Ich bin sturer als du. Du fährst mit mir, und das war's." Er hob seinen Helm vom Boden auf und ging die Böschung hinauf zu seinem Motorrad. „Komm", rief er über seine Schulter. „Wir verschwenden hier nur Zeit, wenn wir streiten. Ich lasse dich nicht mehr fahren."

Ein lautes Schnauben sagte ihm, was sie von ihm hielt. Keine Überraschung … er war auch nicht gerade ein Fan von ihr. Dennoch, ihre Schritte, die hinter ihm her stapften, brachten ein Lächeln auf seine Lippen.

KAPITEL ZWEI

Vielleicht würde Schlaf helfen.

Alles war auf verwirrende Weise in ihrem müden Gehirn durcheinandergeraten und verknotet. Es war schwer, überhaupt zu denken. Sie würde definitiv ein paar Stunden Schlaf brauchen, um sicherzustellen, dass sie keinen dummen Fehler machte – wie zum Beispiel diesem Mann schöne Augen zu machen. Das würde *auf keinen Fall* passieren.

Natürlich trug er dazu bei, der Situation einen Eimer kaltes Wasser überzugießen, indem er ihr gegenüber das Ich-Mann-Du-Frau-Spiel spielte. Ihre Schlüssel zu nehmen, wie er es getan hatte – sei es aus Sorge oder aus welchem Grund auch immer –, kam nicht gut an. Es war ihr unglaublich peinlich, dass sie ihn fast von der Straße gedrängt hätte. Sie hatte schlecht reagiert– zum Teil, weil sie den Mann entnervend attraktiv fand. Cole war knapp eins fünfundneunzig groß, was für eine fast eins achtzig große Frau wie sie eine angenehme Größe darstellte. Er war schlaksig, schlank und wirkte athletisch. Sie hatte das Gefühl, dass er ein Jogger war... doch sie hatte nicht vor, ihn zu fragen.

„Zieh den auf", verlangte Cole und drehte sich so schnell herum, dass sie mit ihm zusammenstieß. Er stützte sie mit seiner Hand und reichte ihr dann seinen Helm.

„Was ist mit dir?", fragte sie und hielt den roten Helm von sich weg.

Er nahm ihn zurück und setzte ihn auf ihren Kopf. „Du trägst den Helm." Er starrte sie entschlossen an, als er ihr die Haare aus dem Gesicht strich, und seltsamerweise berührte seine Fürsorge sie.

Völlig außerhalb ihrer Komfortzone stand sie da und ließ ihn gewähren, als er den Riemen festzog. Sie rang darum, ruhig zu wirken.

„Er ist ein bisschen groß, aber besser als nichts", erklärte er und bemerkte glücklicherweise nicht den Kampf, der in ihrem Kopf tobte. „Nicht, dass ich vorhabe, einen Unfall mit dir auf dem Sozius zu bauen."

Seine sanften Worte bewirkten, dass sich Schmetterlinge in ihrem Bauch beruhigten. Überhaupt nicht gut. Cole Turner war ein ruheloser Geist. Ein

Wanderer.

Sie wich vor seiner Berührung zurück und kam sich töricht vor, besonders da sein eigener Gesichtsausdruck keine Spur davon zeigte, dass er ihre Schwärmerei erwiderte.

Oh nein, stattdessen stieg er auf das große Motorrad, warf einen Blick über seine Schulter und grinste sie schief an. „Steig auf."

Sie schluckte schwer, erinnerte sich daran, dass das ihre einzige Möglichkeit war, nach Hause zu kommen, dann stieg sie hinter ihm auf. Sie saß steif da, wollte ihre Arme wirklich nicht um seine Taille legen.

„Wie, ähm, lange bist du für deinen Besuch in der Stadt?", fragte sie und brauchte etwas, um den Moment zu füllen. Sie hoffte, dass er am nächsten Tag abreisen würde.

Anstatt zu antworten, ließ er den Motor an. Er blickte in ihre Richtung, und seine Augen funkelten im Mondlicht. „Hängt von mehreren Dingen ab, aber ich könnte ein paar Wochen hier sein."

Ein paar Wochen! „So lang?", quietschte sie. Zum Glück wurden sie vom Dröhnen des Motorrads übertönt.

Das dachte sie jedenfalls.

„Ja", sagte Cole mit einem Grinsen. „So lang. Jetzt halt dich fest. Es ist Zeit, dich nach Hause zu bringen, damit du dich ausruhen kannst."

Als ob das passieren würde. Sie war hellwach; ihre Arme waren um Cole Turner geschlungen – den gutaussehenden Nomaden.

Den Wandervogel. Nach allem, was sie über ihn wusste, würde er niemals glücklich sein, wenn er nicht durch das Land streifte. Sie würde nie zufrieden sein, bis sie sich eingelebt und eine Familie hatte, also war diese Vernarrtheit lächerlich. Schlaf. Sie brauchte Schlaf! Wenn sie nicht so müde wäre, würde sie sich nicht mit diesen seltsamen Gedanken beschäftigen.

Bis vor einiger Zeit hatte sie auch nicht geglaubt, eine Familie zu wollen, aber … die Dinge änderten sich. Sie seufzte und versuchte erneut, ihren Geist zu beruhigen.

„Geht's dir da hinten gut?", rief Cole ein paar Meilen die Straße runter über seine Schulter. Seine Worte gingen fast in der Nacht und dem Fahrtwind verloren. Sie gab auf und beugte sich näher zu ihm, nickte mit ihrem behelmten Kopf gegen seine Schulter. Während sie fuhren, war die Müdigkeit überwältigend geworden und hatte glücklicherweise die meisten ihrer Gedanken ausgeschaltet.

Zum Glück versuchte er nicht, über das Dröhnen des Motors hinweg mit ihr zu reden. Er sorgte hin und wieder dafür, dass sie nicht einschlief, doch ansonsten ließ er sie in Ruhe. Sie musste zugeben, dass er recht gehabt hatte, dass sie nicht mehr fahren konnte.

„Da ist es", sagte sie fast eine Stunde später, als das kleine beleuchtete Schild ihrer Klinik am Stadtrand von Ranger in Sicht kam. „Meine Wohnung ist auf der Rückseite." Sie zeigte auf die Einfahrt um die andere Seite des Gebäudes herum und dann an den Pferchen vorbei.

„Du wohnst hier allein?"

Der Tadel in seiner Stimme war unverkennbar, und sie sträubte sich sofort. „Die Wohnung ist klein, aber für mich hat sie funktioniert", sagte sie, als die Wohnung, die auf der Rückseite des Scheunenbereichs angebaut worden war, in Sicht kam. Sie sagte ihm nicht, dass es bald nicht mehr ihr Zuhause sein würde.

„Hat hier nie jemand versucht, dich zu belästigen?" Er stellte den Motor ab.

Susan verschwendete keine Zeit, um von der Maschine abzusteigen und den Helm abzunehmen – sie hatte nicht vor, ihm die Gelegenheit zu geben, das für sie zu tun. „Nein, nie", sagte sie und streckte ihre Hand aus. „Danke für alles. Kann ich jetzt meine Schlüssel haben?"

Er stieg vom Motorrad ab und kramte ihre Schlüssel aus seiner Tasche. Doch anstatt sie ihr zu geben, begann er, den Schlüssel ihres Trucks vom Ring zu fädeln. „Was tust du da?"

„Ich nehme den. Sobald es Tag wird – in ungefähr drei Stunden – werde ich ihn mir genauer ansehen. Ich werde drunter kriechen und sichergehen, dass du beim Rasenpflügen nichts kaputtgemacht hast. Wenn alles gut aussieht, bringe ich ihn dir um sieben oder acht hier vorbei. Ich hoffe, dass du vorher sowieso keine Patienten besuchen willst."

Es gefiel ihr nicht, dass er so die Kontrolle übernahm. Doch da sie wusste, dass es nicht sinnvoll war zu streiten, tat sie es nicht. Sie war zu müde. Den Rest der Schlüssel reichte er ihr. „Acht wird reichen. Danke", brachte sie heraus, obwohl ihr Kiefer vom Zusammenpressen schmerzte.

Er lächelte, und sie konnte ihn praktisch „Schachmatt" denken hören.

Vielleicht auch nicht, dachte sie ein paar Minuten später, als sie die Tür zu ihrer Wohnung schloss und hörte, wie er zurück auf die Straße fuhr. Der Mann war es gewohnt, in Notsituationen einzugreifen und das Kommando zu übernehmen. Damit verdiente er seinen Lebensunterhalt – er half bei Rettungsaktionen und Aufräum- und Wiederaufbauarbeiten nach Wirbelstürmen und anderen Katastrophen. Also war vielleicht nichts Persönliches daran, wie er sie behandelte.

Gut möglich. Doch als sie schnell geduscht hatte und dann in ihr Bett fiel – vor Erschöpfung praktisch ohnmächtig wurde – wusste sie, dass sie es nicht glaubte. Cole hatte ziemlich deutlich gemacht, dass er sie für eine verantwortungslose Idiotin hielt, weil sie so erschöpft gefahren war. Er hatte seine Bürgerpflicht erfüllt, indem er „die dumme Frau" von der Straße fernhielt – das war *ziemlich* persönlich. Ihn fast überfahren zu haben natürlich auch.

„Ich sage nur, es ist schön, dass du gestern Abend vorbeigekommen bist", sagte Applegate Thornton, dessen Stimme in der Stille des frühen Morgens dröhnte.

Cole war gerade unter dem Truck hervorgekrochen, als der ältere Mann und sein Kumpel Stanley Orr mit ihren Trucks angehalten hatten. Sie hatten keine Zeit verschwendet und waren den Abhang hinuntergekommen, um zu sehen, was mit dem Truck los war. Es hätte keine Überraschung sein sollen, die beiden alten Freunde so früh unterwegs zu sehen, da sie sich immer bei Sonnenaufgang in Sam's Diner zum Kaffee trafen und den ganzen Morgen dort Dame spielten. Heute würden sie sich verspäten; Susans Missgeschick interessierte sie mehr als ihr Spiel. Die beiden um die siebzigjährigen Männer waren gute Freunde seines Großvaters gewesen, und Cole hatte sich immer gefreut, sie auf seinen Streifzügen durch die Stadt zu sehen. Jetzt wischte er sich die Hände an seinem Arbeitslappen ab und nickte. „Ja, Sir", sagte er. „Da kann ich nicht widersprechen. Ich bin froh, dass ich hier draußen war, sonst hätte Susan immer noch hier gesessen, als Sie heute Morgen hier angehalten haben."

„Ich frage mich, was sich die Leute dabei denken, wenn sie diese Frau zu jeder Nachtzeit anrufen? Es gibt andere Tierärzte, die sie rufen können." Er hatte vor, alle wissen zu lassen, dass er über diese Situation unglücklich war, und es gab keine besseren, um damit anzufangen, als mit diesen beiden. Sie waren die personifizierte Gerüchteküche von Mule Hollow. Es gab keinen schnelleren Weg als sie, wenn es darum ging, Informationen zu verbreiten.

Anstatt ihm zu antworten, sahen sie einander an und hoben ihre buschigen Augenbrauen. „Habe ich hier irgendwas verpasst?", fragte Cole. „Sie können darauf wetten, dass ich mich gerade mit meinem Bruder unterhalte, wenn ich nach Hause zurückkomme." Oh, ja, Seth war kurz davor, eine königliche Strafe dafür zu bekommen, dass er Susan die Ranch verlassen ließ, als sie offensichtlich bereit war, umzufallen. Er hatte Cole einmal gesagt, dass sie Hilfe brauchte, also warum hatte sie sie nicht?

Stanley, der Umgänglichere der beiden, rundlich und kahlköpfig, sah ratlos aus. „Du hast nicht viel Zeit in Susans Nähe verbracht, oder?"

Applegate, größer und dünn wie ein Zaunpfahl, runzelte die Stirn, wie es typisch für ihn war, als er brummte. „*Offensichtlich.*"

Beide Männer trugen Hörgeräte und sprachen in der Regel so laut, als wären sie nicht eingeschaltet. Selbst Apps Brummen schreckte das Vieh auf, das auf der Wiese hinter dem Stacheldraht weidete.

„Also was bedeutet das?", fragte Cole. Applegate grunzte erneut. „Es bedeutet, dass Susan macht, was sie will. Dieses Mädchen ist entschlossen, zu den Bedingungen eines Mannes akzeptiert zu werden. Wenn einer von uns ihr sagen würde, dass sie nicht so spät draußen herumfahren soll – oder schlimmer noch, wenn wir Vieh hätten, das versorgt werden müsste, und wir sie nicht anrufen würden –" Er stieß einen langen Pfiff aus, während er den Kopf schüttelte.

„Das stimmt", fuhr Stanley fort. „Sie würde uns die Hölle heiß machen."

„Nach dem, was ich letzte Nacht gesehen habe, kann ich das glauben."

„Ja, das denke ich mir. Das kleine Mädchen ist wirklich hartgesotten, wenn es um seinen Job geht", sagte Applegate. „Sie mag es nicht, wie eine Lady behandelt zu werden. Und sie ist wirklich gut in dem, was sie tut."

„Das kannst du laut sagen", nickte Stanley.

Sie hatte letzte Nacht deutlich gemacht, dass es ihr nicht gefiel, als er das Kommando übernommen hatte. „Vielleicht", sagte er schließlich. „Aber das gefällt mir nicht. Es fühlt sich nicht richtig an. Und sicher ist es auch nicht."

App zupfte an seiner Hutkrempe, als die Sonne etwas höher über den Horizont stieg. „Es wird ein bisschen einfacher, wenn sie ihre Praxis hierher in die Stadt verlegt."

Das erregte Coles Aufmerksamkeit. „Was meinen Sie?"

Stanley und Applegate grinsten einander an und warfen ihm dann einen *Wir-wissen-was-was du-nicht-weißt-Blick* zu. Cole war sich sicher, dass sie auch über sein Interesse an Susan spekulierten. Doch dafür konnte er nichts. Er lehnte sich gegen den Truck und verschränkte die Arme, während er darauf wartete, dass sie näher darauf eingingen. Er musste in ein paar Minuten los, doch er musste wissen, was sie meinten.

„Also …" Applegate ließ sich Zeit und rieb sich das schmale Kinn. „Sie hat dir nicht gesagt, dass sie sich ein Haus im Westen der Stadt gekauft hat, etwa vier Meilen außerhalb?"

„Ich bin ihr um zwei Uhr nachts begegnet. Wir haben uns nicht groß unterhalten, abgesehen davon, dass ich ihr gesagt habe, dass ich sie nach Hause bringen werde –" Auf den Ton der Konversation einzugehen hatte keinen Sinn.

„Ich schätze, das war wie der Versuch, einen Korb tollwütiger Katzen zu streicheln?" Stanley kicherte. „Du ‚sagst' unserer Susan nichts, wenn es um ihr Geschäft geht. Das war, was wir *dir* zu sagen versucht haben."

Er hätte nicht erwähnen sollen, dass er ihr „gesagt" hatte, dass er sie nach Hause bringen würde. Niemand musste wissen, dass er ihre Schlüssel stehlen musste, um sie zur Kooperation zu bewegen. *Stures Weib.*

„Und wo ist dieses Haus?", fragte er.

„Es ist ein kleines Grundstück – ein kleines Haus und ein großes Metallgebäude." Applegate war mehr als glücklich, ihn aufzuklären. „Früher hat es dieser Ölversorgungsgesellschaft gehört. Erinnerst du dich daran? Damals, vor dem Ölboom in den Achtzigern. Bevor alle weggezogen sind."

Cole nickte. „Ich erinnere mich." Es war der Beginn des langsamen Todes des Ortes gewesen.

„Sie hat in ein paar Tagen einen Bauunternehmer aus Ranger da, der damit anfangen will, daraus ihre neue Praxis zu machen."

„Was Sie nicht sagen." Sie zog nach Mule Hollow und hatte es nicht erwähnt. „Will sie auch hier wohnen?", fragte er, um seine Vermutung zu bestätigen.

„Ja", sagte Stanley. „Im Haus auf dem Anwesen. Ich denke, sie hat sogar schon ein paar ihrer Sachen da rein gebracht."

Als er die Bemerkung darüber gemacht hatte, wo sie jetzt lebte, hatte sie Gelegenheit gehabt, es ihm zu sagen, und hatte es nicht getan. Sie erzählte nicht viel. Oder sie wusste, dass er es sowieso bald herausfinden würde, und das war ihre Art, ihm zu sagen, er solle sich um seine eigenen Angelegenheiten kümmern. Darüber lächelte er. Sie hatte Feuer. Er stieß sich vom Truck ab.

„Na dann, danke für die Info, Gentlemen. Jetzt bringe ich ihr besser ihren Wagen, damit sie fahren kann, wenn sie irgendwohin muss. Ich will sie nicht wütend machen." Das brachte ihm ein paar Klapse auf den Rücken und zustimmendes Gejohle der beiden alten Männer ein.

Zuvor, nachdem er sie nach Hause gebracht hatte, war er anderthalb Stunden zurück zur Ranch gefahren und hatte nicht aufhören können, an ihre Begegnung zu denken.

Er wohnte nicht im Ranchhaus, wenn er zu Hause war, sondern unten im alten Postkutschenhaus, das das ursprüngliche Haus auf ihrer Ranch war. Er hatte das alte Haus immer geliebt und denselben Hauch von Nostalgie verspürt, als er die unbefestigte Straße hinuntergefahren war. Der Mond hatte die holprige Straße beleuchtet, wo sie sich über die Weiden schlängelte, und wie immer hatte er an die anderen denken müssen, die vor über hundert Jahren dieselbe Straße entlang gefahren waren. Männer wie Doc Holliday und Outlaw Sam Bass waren entweder zu Pferd oder mit der Kutsche vorbeigekommen. Als Kind fand er es cool, und das hatte sich auch mit zunehmendem Alter nicht geändert. Sein Ur-Ur-Ur-Ur-Großvater Oakley hatte vor mehr als hundert Jahren das Haus in einem Pokerspiel gewonnen.

Jetzt blickte Applegate von ihm zu seinem Truck. „Wir können dir zu Susan hinterherfahren und dich mit zurücknehmen, wenn du uns brauchst."

Cole schüttelte den Kopf und packte das restliche Werkzeug zusammen. „Danke, aber nicht nötig. Ich komme schon klar." Er dachte sich, wenn Susan keine Patientenbesuche in diese Richtung hatte, würde er Seth bitten, ihn hierher zurückzubringen, damit er den Ranchtruck abholen konnte.

Nach kurzem Durchdrehen fanden die Reifen Halt, und er fuhr aus dem Graben. App und Stanley winkten ihm zu, als er in Richtung Ranger losfuhr. Ein Blick in seinen Rückspiegel bestätigte ihm, dass sie in ihre

Trucks stiegen und in Richtung Stadt fuhren. Sie gaben ordentlich Gas; kein Zweifel, bald würde der ganze Ort von letzter Nacht erfahren …

Susan zeigte nicht gerne Schwäche, das war offensichtlich. War das der Grund für ihre aufbrausende Reaktion?

Nicht, dass er glaubte, eine gewisse Entschlossenheit in einer Frau sei keine gute Sache. Bevor er es verhindern konnte, wanderten seine Gedanken zu Lori. Sie war auch voller Entschlossenheit gewesen; wenn sie die nicht gehabt hätte, hätte sie es nicht so lange durchgehalten … Sechs Jahre, und er konnte immer noch nicht an dieses süße Mädchen denken, ohne dass sich seine Eingeweide verknoteten, als hätte ihn ein Stier getreten. Und so, wie er es immer tat, drängte er die Gedanken an sie zurück in die dunklen Schatten und rang all die Emotionen mit ihnen nieder.

Stattdessen konzentrierte er sich auf Susan Worth.

Sie war letzte Nacht unachtsam gewesen und hätte sich beinahe umgebracht. Es störte ihn, dass sie so besessen von ihrem Job war, dass sie ihr Leben riskierte … während andere so hart um einen weiteren Atemzug kämpfen mussten.

Schluss damit. Normalerweise dauerte es mindestens ein paar Wochen an einem Ort, bis ihn ruhelose Erinnerungen dazu trieben, weiterzuziehen. Er war keine fünf Stunden zu Hause und kämpfte bereits mit der Vergangenheit. Zuhause war es immer am schlimmsten. Es war einfacher, so zu tun, als ob Dinge wie Heim und Herd keine Rolle spielten, wenn sie einem nicht ins Gesicht starrten.

Wyatt sollte besser bald auftauchen, oder Cole würde wieder verschwinden. Seine Brüder wussten, dass er sich in eine todkranke Barrel Racerin verliebt hatte.

Doch sie hatten Lori nie kennengelernt. Sie war kränker gewesen, als er gedacht hatte, als er ihr begegnet war, und das hatte jede Reise verhindert. Sie hatte sich sehr bemüht, sich nicht in ihn zu verlieben – um den Schmerz zu verhindern, den so etwas verursachen konnte. Sie hatte sich sehr bemüht zu ignorieren, was er von dem Moment an gewusst hatte, als er ihr süßes Gesicht gesehen hatte … Liebe passierte nicht, wenn es den Beteiligten am besten passte. Sie passierte sogar, während eine Person an der Schwelle des Todes war … Liebe war so grausam. Und immer etwas Besonderes.

Solange er unterwegs war, um Menschen zu helfen, ging es ihm gut, und er genoss sein Leben. Wenn die unruhigen Erinnerungen drohten, schloss er seine Arbeit ab und machte sich auf die Suche nach einem neuen Job – einem neuen Projekt.

Und die jüngsten Naturkatastrophen am Golf von Mexiko hatte ihm viele Möglichkeiten geboten. Beim Wiederaufbau zu helfen, nachdem ein Sturm einer Familie ihr Heim genommen hatte, gab ihm ein gutes Gefühl. Es half auch gegen die Wut, die ihn plagte … er versuchte, nicht darüber nachzudenken, und er würde es jetzt nicht tun. Doch nach Mule Hollow zurückzukommen, bedeutete, nach Hause zu kommen … den Ort, an den er Lori so gerne gebracht hätte. Zuhause erinnerte ihn zu sehr daran, wie schlecht Gottes Timing war und wie willkürlich er scheinbar auswählte, wen er für gut genug hielt, um seine Wunder an ihm zu vollbringen. Und wen nicht.

Wessen Gebete erhört wurden … und wessen nicht.

KAPITEL DREI

Susan stand bei einer winzigen, blauhaarigen Frau und einem großen Hund, der einem braunen Labrador ähnelte, doch eher wie ein großer, brauner Schokoladenkuss geformt war ... oder eine riesige Zecke.

Susan verdiente viel mehr Aufmerksamkeit als der Hund, denn die Morgensonne glitzerte auf ihrem weißblonden Haar. Doch selbst ihr schönes Haar war nicht mit dem Lächeln auf ihrem Gesicht vergleichbar – dieses Lächeln erschreckte ihn so sehr, dass er beim Einparken über einen Bordstein fuhr.

Ja, er war derjenige, der jetzt Ruhe brauchte. Nur die würde ihm helfen, seinen Kopf wieder klar zu bekommen – ein paar Stunden mit geschlossenen Augen hatten der kratzbürstigen Tierärztin sicherlich geholfen. Daran gab es keinen Zweifel ... überhaupt keinen.

Es war nicht nur die jetzt viel weniger dunklen Augenringe, sondern sie lächelte – letzte Nacht hatte er nicht einmal einen Hauch davon gesehen. Obwohl er nicht glaubte, dass das ausschließlich auf Schlafmangel zurückzuführen war.

„Guten Morgen." Er stieg aus dem Truck und ging auf die Frauen zu, die ihn angestarrt hatten, als er über den Bordstein geholpert war.

Susan verschränkte die Arme und nickte – das Lächeln verschwand im Nu.

Doch die kleine alte Lady hatte eines, das groß genug für sie beide war. „Nun, eines muss ich sagen, mein Morgen ist dank Ihnen gerade besser geworden, junger Mann." Sie musterte ihn von oben bis unten. „Meine Güte, Sie sind ein hübscher Kerl. Und gerade rechtzeitig gekommen. Pünktlichkeit ist wichtig. Denken Sie nicht?"

„Ja, Ma'am, wirklich wichtig …"

„Gut. Gut." Sie unterbrach ihn mit einer Bewegung ihres Stocks. „Ich mag Sie – ich mag den Jungen, Susan." Sie warf Susan einen scharfen Blick zu und schenkte ihm dann ein sanftes Lächeln. „Würde es Ihnen etwas ausmachen, Catherine Elizabeth auf ihren Autositz zu helfen? Arthur, dieser Schuft, führt sich heute auf – er hat mich und meine Catherine Elizabeth ziemlich belästigt. Aber *Sie* …", sie lächelte zu ihm auf, und ihre blassblauen Augen leuchteten, als sie seinen Bizeps packte und drückte, als würde sie den Reifegrad einer Grapefruit prüfen, „– Sie sehen aus, als wären Sie in guter Verfassung, dann wird der alte Grobian Sie nicht ärgern. Nein, das wird er nicht."

Cole sah sich nach Arthur um, mit der festen Absicht, den vermeintlichen Grobian zurechtzuweisen. Er würde nicht dabeistehen und zulassen, dass ein Mann die kleine Lady grob behandelte. Doch sonst war niemand da. Er sah Susan fragend an, und merkte, dass sie sich ein Lächeln verkniff. Erstaunlicherweise funkelten ihre Augen dabei – und er verlor seinen Gedankengang.

„Mrs. Abernathy, darf ich Ihnen Cole Turner vorstellen", sagte sie ziemlich laut. „Er ist derjenige, der letzte Nacht zu meiner Rettung gekommen ist. Cole, das ist Mrs. Abernathy, und das ist Catherine Elizabeth."

Mrs. Abernathy hielt seinen Bizeps immer noch mit ihrer winzigen Hand fest und blickte süß zu ihm auf. Catherine Elizabeth war es gelungen, aufzustehen und zu ihm hinüberzustolpern. Sie ließ sich wie schmelzendes Schokoladeneis auf seinem Stiefel nieder.

„Freut mich, Ihre Bekanntschaft zu machen, Ma'am", sagte Cole. „Und die von Catherine Elizabeth auch." Er sah sich noch einmal nach Arthur um, doch kein Mann war in Sicht. Alle sahen ihn erwartungsvoll an – wartend.

„Oh, Entschuldigung, soll ich den Hund ins Auto laden?"

„Das wäre schön. Sie ist einfach zu viel für mich. Aber nicht für Sie." Sie rieb seinen Arm. „Sie erinnern mich an meinen Herman. Er war auch groß und stark. Ich bin froh, dass Susan einen jungen Mann wie Sie gefunden hat."

„Mrs. Abernathy", warf Susan ein, „er ist nicht mein, ähm, junger Mann."

Mrs. Abernathy tätschelte seinen Arm. „Nun, das sollte er sein, Liebes. Sie brauchen einen starken Mann, da Sie selbst so eine liebe, starke Frau sind. Auch ich war mal eine starke Frau."

Cole musste sich ein Lächeln verkneifen. Die alte Frau war kaum eins sechzig groß und hatte wahrscheinlich in ihrem ganzen Leben noch nie mehr als hundert Pfund klatschnass gewogen.

Sie warf ihm einen wissenden Blick zu. „Zur Stärke gehört mehr als Größe, junger Mann. Arthur hat mich im Laufe der Jahre ein bisschen mürbe gemacht, und ich muss zugeben, dass es auf mir lastet … macht manchmal sogar meinen starken Geist schwach."

Cole warf Susan einen fragenden Blick zu. „Wer ist das?", flüsterte er über den Kopf der kleinen Frau hinweg.

„Ohh", keuchte Susan. „Tut mir leid. Mrs. A., wie wir sie liebevoll nennen, und Catherine Elizabeth leiden beide an *Arthur-itis*."

Mrs. A. schüttelte den Kopf. „Er ist gemein, dieser Arthur. Aber der liebe Gott schickt mir immer nette Männer über den Weg, die mir in Zeiten wie diesen helfen." Sie ließ seinen Arm los und ging, auf ihren Gehstock gestützt, vorsichtig zu ihrem Auto.

Als Cole sie beobachtete, musste er ihr zustimmen, dass Arthur einem wirklich den Tag verderben konnte. „Wird es ihr wehtun, wenn ich sie hochhebe?", fragte er Susan und starrte den Hund an.

„Sei einfach ein bisschen vorsichtig, und es ist okay. Aber renk dir nicht den Rücken aus oder sowas." Den letzten Teil sagte sie leise, damit Mrs. Abernathy es nicht hören konnte.

Er hätte fast gelacht, als er sich bückte. Für wen hielt sie ihn? Eine Art Weichei?

„Ich meine es ernst – geh in die Knie, wenn du sie hochhebst", sagte Susan und beugte sich vor, um ihm die Worte dicht ans Ohr zu flüstern.

Die Wärme ihres Atems kitzelte seine Haut und schickte einen Schauer des Bewusstseins über seinen Rücken. Er lachte, sowohl wegen der Warnung als auch wegen des Schocks ihres warmen Atems auf seiner

Haut, dann hob er – *woah!* Der Hund wog eine Tonne.

Susan versetzte ihm einen Klaps auf den Rücken. „Ich hab dir doch gesagt, du sollst in die Knie gehen."

„Kein Witz." Er warf ihr einen gespielt finsteren Blick zu und versuchte es dann nochmal. Es fühlte sich an, als schleppte er einen Sack Viehfutter. „Was füttert sie diesem Kalb?", flüsterte er nur für Susans Ohren. Sie kicherte, und Catherine Elizabeth leckte ihm quer über das Gesicht, als wollte sie ihm sagen, er solle sich keine Sorgen machen.

„Oh wie schön, mein Baby mag Sie!", rief Mrs. Abernathy, als sie die Autotür weit aufriss.

„Scheint so", brummte er. Als er das Auto erreichte, beugte er sich vor und setzte den Hund sanft auf den Rücksitz. Sie ließ sich sofort an der Stelle nieder, die der Delle in der Polsterung nach zu urteilen eindeutig ihr Stammplatz war. „Kann ich Ihnen helfen?" Er streckte Mrs. Abernathy eine Hand entgegen, nachdem er vorsichtig die Tür hinter diesem … *Hund* geschlossen hatte.

Mrs. Abernathy blinzelte ihn an und errötete. „Sie sind ein richtiger Fang, junger Mann." Sie legte ihre Hand in seine und sah Susan an. „Wenn Sie schlau wären, würden Sie sich ihn hier schnappen, bevor jemand anderes ihm einen Ring an seinen leeren Finger steckt."

Susan überraschte ihn, indem sie von dieser Bemerkung nicht beleidigt aussah. Stattdessen lächelte sie die alte Lady geduldig an. „Passen Sie auf sich auf. Und rufen Sie mich an, wenn Catherine Elizabeth sich unwohl fühlt. Die zusätzliche Dosis Medikamente sollte ihr allerdings helfen."

„Danke, Liebes", sagte die kleine alte Lady und rutschte hinter das Lenkrad. „Und Sie", sagte sie und drückte seine Hand, bevor sie sie losließ, „haben meinem alten Herzen den Tag versüßt!"

„Und Sie meinen", sagte er. „Fahren Sie vorsichtig."

Sie schenkte ihm ein schelmisches Grinsen. „Was für ein Spaß wäre das? Bis bald hoffentlich."

Er lachte und ging zurück zu Susan. Sie sahen zu, wie der große alte Crown Victoria aus der Auffahrt fuhr. Mrs. Abernathys kleiner blauer Kopf war über dem Armaturenbrett kaum zu sehen und von hinten vollständig verdeckt.

„Wie fährt sie ein so großes Auto?"

Susan lachte. „Vorsichtig."

„Gott sei Dank. Ich habe fast damit gerechnet, dass sie ihn mit quietschenden Rädern vom Parkplatz fährt."

Susan lächelte. „Früher hat sie wahrscheinlich genau das getan. Arthur hat dem einen Riegel vorgeschoben, fürchte ich."

„Allerdings nicht ihrem Temperament, wie ich sehe", sagte er, und ihm war plötzlich selbst schelmisch zumute. „Also wirst du ihren Rat annehmen und mich heiraten, bevor es jemand anderes tut?"

Er machte Witze. Susan wusste, dass er das tat, doch die Frage überraschte sie. „Natürlich." Sie schmunzelte und drehte sich zu ihm um. „Ich habe mein ganzes Leben auf dich gewartet", feixte sie zurück und ließ für einen Moment ihre Deckung fallen.

Ein langsames, gefährliches Lächeln breitete sich über sein unverschämt attraktives Gesicht aus, und seine Augen leuchteten vor Schalk. „Du hast einen Witz gemacht. Schlaf steht Ihnen gut zu Gesicht, Miss Worth."

Sie lachte. „Ich denke schon. Aber reib es mir nicht unter die Nase, sonst muss ich dir wehtun", sagte sie, bevor sie darüber nachdachte, was für eine schlechte Idee das war. Und das war es. Sie blickte zu ihrem Truck und holte tief Luft, um das Pochen ihres Herzens zu beruhigen. „Danke, dass du meinen Truck zurückgebracht hast." Sie ging in Richtung Klinik, bevor sie in Schwierigkeiten geraten konnte. Das Klappern seiner Stiefel auf der Holzveranda verriet, dass er ihr folgte. „Ich gehe davon aus, dass du ihn nicht mehr in Geiselhaft hältst und mir die Schlüssel zurückgeben wirst?"

Sein leises Lachen brachte sie dazu, sich schneller zu bewegen, um ins Gebäude und hinter die Empfangstheke zu gelangen. Sie brauchte eine Barriere zwischen ihnen – sie hatte es ein bisschen zu sehr genossen, ihn mit Mrs. Abernathy und Catherine Elizabeth zu beobachten. Der Mann war ein Charmeur.

Und überaus herrisch, erinnerte sie sich.

Und ein Streuner ohne Verantwortungsbewusstsein … kein Mann für sie.

„Der Truck gehört dir", sagte er und lehnte sich mit der Hüfte gegen die Theke. „Alles in Ordnung damit. Kein Schaden am Fahrwerk. Nur ein Haufen Erdklumpen. Das einzige Problem, den der Truck letzte Nacht hatte, war eine gewisse übermüdete Fahrerin, die besser auf sich selbst aufpassen muss."

Fing er schon wieder damit an! „Ich war müde", fauchte sie und ließ den Bleistift, den sie aufgehoben hatte, auf den Schreibtisch fallen. „Das passiert. Können wir das auf sich beruhen lassen?" Sie war fast dankbar für die Wut, weil sie ihr half, diese dringend benötigte mentale Barriere wieder aufzubauen.

Er zog eine Augenbraue hoch, und sein Blick fiel auf den Bleistift, den sie gerade fallengelassen hatte. Er nahm ihn, und während er sie betrachtete, balancierte er ihn auf seiner Oberlippe, wie ein Schuljunge es tun würde. *Seufz*. Der Mann sah viel zu niedlich aus … und war sich dessen wahrscheinlich auch bewusst. Sie tippte hörbar mit ihrem Stiefel an das Tischbein.

„Also?", fauchte sie erneut, „Wirst du es auf sich beruhen lassen?"

„Nein", sagte er und ließ den Bleistift fallen. Er fing ihn auf, ohne hinzusehen. „Nur, wenn du zugibst, dass du an deine Sicherheit hättest denken sollen. Der Schlaf, den du letzte Nacht bekommen hast, hat dir gutgetan, oder nicht?"

Sie hatte vier Stunden lang wie ein Stein geschlafen, aber Junge, sie hasste es, es ihm gegenüber zuzugeben. „Wenn du es unbedingt wissen musst", schnaubte sie, „Mrs. A. musste heute Morgen an meine Tür klopfen, um mich zu wecken."

„Gut! High Five", jubelte er und hielt seine Handfläche hoch. „Das ist ausgezeichnet."

Sie ignorierte die Einladung. „Ich mag es nicht zu verschlafen."

Er wedelte mit den Fingern. „Komm schon. Mit Schmackes."

Was? „Nein! Würdest du bitte aufhören?"

Er schüttelte den Kopf, griff über die Theke und legte seine Finger um ihr Handgelenk. Seine Berührung war sanft, und als seine rauen Fingerkuppen über ihre

Haut glitten, erschauerte sie. Erschrocken von seiner Berührung und ihrer Reaktion wollte sie sich zurückziehen, doch er hielt sie fest und legte ihre Handfläche auf seine.

„Da, das war doch gar nicht so schwer", sagte er. „Du musst lockerer werden, Susan Worth."

Sie befreite sich aus seinem Griff und hoffte, dass sie nicht rot war und nicht so erschüttert aussah, wie sie sich fühlte. „Und du musst dich um deine eigenen Angelegenheiten kümmern", schnaubte sie.

Er schlug sich mit der Hand auf die Brust. „Wow, was für ein Schlag. Und nach allem, was ich für dich getan habe."

„Schau", sagte sie und musste ihn dringend loswerden. Je eher er ihr aus den Haaren war, desto besser. „Heute Morgen habe ich noch ein paar Patienten hier, und dann fahre ich für den Rest des Nachmittags zu Clint Matlocks Ranch. Ich kann dich zurückfahren, aber erst dann. Es sei denn, es holt dich jemand ab." Etwas sagte ihr, dass sie dieses Glück nicht haben würde.

„Danke. Ich werde auf dich warten. Es sei denn, du brauchst mich, um mehr übergewichtige Hunde in Autos zu hieven – ich hoffe, nicht alle deine Patienten sind so."

Unwillkürlich umspielte ein Lächeln ihre Lippen.

„Ich habe es aufgegeben, Catherine Elizabeth auf Diät zu setzen. Mrs. A. hat sonst niemanden, für den sie kochen könnte, und soweit ich weiß, hat Herman gerne gegessen. Sie kann also nicht anders, als die arme Catherine Elizabeth zu verwöhnen."

Cole hob seinen Arm und ließ seine Muskeln für sie spielen. „Ihr haben meine Muskeln gefallen. Und dir? Ich meine, da du zugestimmt hast, mich zu heiraten, was denkst du?"

Sie schnaubte. „Ich glaube, du solltest dich irgendwo hinsetzen und eine Zeitschrift lesen."

„Ja. Genau, wie ich dachte. Du weichst der Frage aus, weil du derselben Meinung bist wie Mrs. A."

Oh, damit hatte er recht – der Mann hatte nette Muskeln. Wahrscheinlich von all den Bauprojekten, an denen er gearbeitet hatte. Doch sie hatte nicht vor, ihm das zu sagen.

Sie war erleichtert, als das Geräusch eines Motors sie dazu veranlasste, aus dem Fenster zu blicken. Draußen fuhr ein Truck vor. Sie schickte ein stilles Dankgebet gen Himmel, dass sie sich an die Arbeit machen und hoffentlich ihren Kopf wieder klar bekommen könnte … denn im Moment bewegte sie sich auf gefährlichem Terrain. Sie zog aus mehr Gründen als nur wegen ihrer Arbeit nach Mule Hollow. Sie zog dorthin mit der Absicht, in ihrem Leben Platz für einen

Ehemann zu schaffen. Das bedeutete, dass es nicht in Frage kam, mit unpassenden Männern wie Cole zu flirten.

Wenn dieser gutaussehende Herumtreiber nur dorthin zurück verschwinden würde, wo er gewesen war, bevor er letzte Nacht in die Stadt gefahren war, wäre sie ein glückliches Mädchen, dachte sie, als sie Coles wachsamem Blick begegnete.

Ein Mann wie Cole war nicht schwer zu durchschauen. Er hatte nicht vor, sich niederzulassen; es drehte sich alles um seinen Job – einen Job, den er liebte. Die Ranch, die er mit seinen beiden Brüdern besaß, hatte als Postkutschenstation begonnen – Coles Wurzeln reichten sechs Generationen tief, und doch war Seth von den Turner-Männern, einschließlich eines entfernten Cousins, der Trauzeuge bei Seths Hochzeit gewesen war, der einzige, der diesen Wurzeln treu blieb, indem er die Ranch am Laufen hielt.

Susan wollte eine Familie. Ihre Gedanken kreisten darum, doch sie musste auch *ihr* Geschäft am Laufen halten. Ihrem Vater war es so wichtig gewesen, dass sie eine Karriere hatte. Er hatte gewollt, dass sein kleines Mädchen für sich selbst sorgen konnte. Das tat sie, doch jetzt musste sie einen Weg finden, Familie und Beruf unter einen Hut zu bringen. Sie wusste, dass das bedeutete, dass sie einen Mann finden musste, der ihr

Leben ergänzen würde. Also kam ein Wandervogel wie Cole nicht einmal ansatzweise in Frage. Sie ging um die Theke herum und zwang sich, keinen großen Bogen um ihn zu machen. Stattdessen blieb sie neben ihm stehen und warf einen Blick auf seine Muskeln.

„Wenn ich ehrlich bin, hat Mrs. A. recht. Doch es braucht viel mehr, um mein Interesse zu wecken."

Die Tür öffnete sich, und sie beeilte sich, die herumwuselnde Horde Zwergpudel in den Untersuchungsraum zu führen. Die Besitzerin war so beschäftigt damit, die Tiere an vier Leinen gleichzeitig zu führen, dass sie Cole nicht einmal einen Blick zuwarf. Susan hielt jedoch inne und bemerkte, dass Cole in ihrem kleinen Wartebereich Platz genommen hatte.

„Was auch immer du sagst, aber ich bin hier", sagte er und ließ seine Muskeln erneut für sie spielen. „Wenn du mich brauchst, rufst du einfach."

Sie schüttelte den Kopf und schloss die Tür ein wenig zu laut. Sie brauchte Cole Turner ungefähr genauso, wie sie ein Loch im Kopf brauchte!

KAPITEL VIER

„Was geht, Bruder?"

Cole öffnete die Augen und sah seinen Bruder Seth, der grinsend an der Tür lehnte.

„Ich dachte, ich komme vorbei und heiße dich zu Hause willkommen, da ich Gerüchte gehört habe, dass du angekommen bist."

Nachdem Susan ihn am Ranchtruck abgesetzt hatte, war Cole zurück zum Postkutschenhaus gefahren, hineingegangen und auf dem Sofa eingeschlafen. Es war lange her, seit er geschlafen hatte.

„Tut mir leid, dass ich nicht vorbeigekommen bin. Wie spät ist es?", fragte er und rieb sich den Kiefer, als er seine Beine herumschwang und seine Füße auf den Boden fallen ließ. Er fühlte sich, als wäre er von einem Truck überfahren worden. So hatte sich Susan wahrscheinlich letzte Nacht gefühlt, als sie von der

Straße abgekommen war.

„Fünf. Und dem Bericht von App und Stanley nach zu urteilen, warst du seit deiner Ankunft gestern Abend ziemlich beschäftigt."

Cole nickte ihm benommen zu. Der gute alte Applegate und Stanley. „Ja, das könnte man so sagen. Susan wird begeistert sein, wenn sie mitbekommt, dass jeder in der Stadt weiß, dass sie am Steuer eingeschlafen ist."

„Das ist die ehrliche Wahrheit", sagte Seth schulterzuckend. „Du siehst beschissen aus, Bruderherz." Seth ging in die Küche, die nur durch einen uralten Esstisch vom Wohnzimmer getrennt war.

„So fühle ich mich auch."

„Du hättest mich anrufen können. Ich wäre gekommen und hätte geholfen." Er nahm die Kaffeekanne und begann, sie mit Wasser zu füllen.

„Na ja, bei der Netzabdeckung hier in Mule Hollow wäre das Zeitverschwendung gewesen."

„Stimmt, aber das Telefon hier funktioniert, und ich hätte dich wenigstens abholen können, nachdem du Susans Truck zur Tierklinik gebracht hast."

„Glaub mir, so angepisst, wie ich heute Morgen deinetwegen war, war es besser, dass ich erst ein bisschen geschlafen habe." Das erregte Seths Aufmerksamkeit. „Was hast du dir dabei gedacht, diese

Frau letzte Nacht so von deiner Scheune wegfahren zu lassen?" Cole stand auf und spürte, wie sein Blutdruck stieg, als er daran dachte, wie Susan auf die Bäume zugeschossen war, als er den Hügel hinaufgekommen war. „Sie war so übermüdet, dass sie fast draufgegangen wäre, weil sie am Steuer eingeschlafen ist."

„Erstens sagt man einem Mann nicht, wie er sein Geschäft zu führen hat. Gleiches gilt für Susan. Sie hat hart gearbeitet, um mit ihrer Klinik dahin zu kommen, wo sie ist, und sie mag es nicht, bevormundet zu werden. Sie hat mir versichert, dass es ihr gut geht …"

Es war dasselbe, was App und Stanley gesagt hatten. Trotzdem betonte Cole: „Sie hat ausgesehen wie der Tod auf Latschen …"

„Hey, ich habe sie beim Wort genommen. Wie ich es mit jedem Mann in dieser Situation auch getan hätte. Ich habe nicht gesagt, dass es mir gefällt, aber sie will es so."

Cole schlurfte gereizt in die Küche, nicht bereit, das als Entschuldigung zu akzeptieren. „Es ging ihr nicht gut. Sie war vollkommen erledigt. Sie hat drei Nächte hintereinander kaum geschlafen. Wusstest du das?"

„Ja, das wusste ich", blaffte Seth und schaltete die Kaffeemaschine ein, bevor er sich zu ihm umdrehte.

„Was hast du dir dann dabei gedacht? Du wärst verantwortlich gewesen, wenn –"

„Immer langsam, Cole. Ich mag es nicht, dass sie so viel arbeiten muss, aber es war nicht zu ändern. Keiner von uns ruft sie, es sei denn, es ist absolut notwendig. Ich hätte heute Morgen eine tote Kuh und ein totes Kalb gehabt, wenn sie gestern Abend nicht geholfen hätte. Hätte ich sie sterben lassen, um Susan nicht aufzuwecken, hätte sie das als Schlag ins Gesicht empfunden. Du weißt genau, dass sie eine wirklich gute Freundin ist, doch es ist immer ein Balanceakt mit ihr."

Cole rieb sich den schmerzenden Nacken und entschied, sich zurückzuhalten. Er mochte es nicht, doch er kannte seinen Bruder. Seth war besonnen und ein guter Mann, und Susan war wirklich seine Freundin. „Tut mir leid, ich verstehe", brummte er, immer noch frustriert. „Aber es wäre wirklich schrecklich, wenn ihr was passieren würde."

Seth nickte, und sein ernster Gesichtsausdruck sagte, dass er ihm zustimmte. „Wir werden alle ruhiger schlafen, wenn Susan erst einmal hierher in die Stadt gezogen ist. Hat sie dir davon erzählt?"

„Ja, sie hat es mir gesagt. Aber erst, nachdem ich sie gefragt hatte. Applegate hat mir heute Morgen davon erzählt, dass sie in die Stadt zieht – oder Stanley. Einer der beiden auf jeden Fall. Irgendwie hat sich in meinem Kopf alles, was sie gesagt haben, vermischt."

Seth sah amüsiert aus. „Das passiert oft, selbst

wenn man ausgeschlafen ist."

„Da hast du wohl recht." Beide lachten, und die Anspannung ließ nach.

„Also, wie lange bleibst du hier? Ich bin gekommen, um dich aufzuwecken und deinen traurigen Hintern zurück zum Haus zu schleppen, damit Melody dich verhören kann. Doch es sollte ein fairer Deal sein, da sie gerade hart daran arbeitet, ein königliches Festmahl zuzubereiten."

Cole nahm die Kaffeetasse, die Seth ihm reichte. „Dann lass mich das trinken, danach hüpfe ich unter die Dusche, damit ich für meine neue Schwägerin präsentabel bin. Ich habe schon ein Mädchen aus meiner Heimatstadt, dem ich auf den Schlips getreten bin, da möchte ich deine süße Braut nicht auch noch vergrätzen, weil ich stinke wie ein Iltis. Wie hast du so viel Glück gehabt, sie zu finden?"

„Kein Glück, ich danke dem guten Mann da oben und Wyatt dafür."

Cole trank einen Schluck Kaffee. „Unser großer Bruder, der Heiratsvermittler. Niemals in tausend Jahren hätte ich erwartet, dass dieses zwei Meter große Stück heißer Luft ein echter Amor ist!"

Das brachte Seth zum Lachen. „Junge, was für ein Bild du mir gerade in den Kopf gesetzt hast!"

Cole schnitt eine Grimasse. „Oh ja. Trotzdem ist es

erstaunlich, dass er Melody getroffen hat und wusste, dass sie die Richtige für dich ist."

Er hob eine Augenbraue in Seths Richtung, der die Geste erwiderte. Es war eine seltsame Sache gewesen, als Wyatt Melody kennengelernt und sofort beschlossen hatte, sie Nachforschungen über die Familiengeschichte anstellen zu lassen. Geschichte, die Seth nicht erforscht haben wollte. Das hatte die beiden erst aneinandergeraten lassen und sie dann in eine Jagd nach längst verlorenen Schätzen gestürzt.

„Wyatt wäre kein so großartiger Anwalt, wenn er nicht gut darin wäre, Menschen zu lesen", überlegte Seth. „Vielleicht war es das."

Cole wusste nicht, was es war, doch der ernsthafte, besonnene Seth war glücklicher und entspannter, als Cole es je für möglich gehalten hatte. Er hatte es verdient. „Du siehst gut aus, Seth", sagte er und lenkte seine Gedanken von Lori ab. Gedanken darüber, wie glücklich sie hätten sein können, wenn es anders gekommen wäre.

„Ich bin glücklich. Melody –"

„Ergänzt dich", neckte Cole und zwang die Tür zu seiner Vergangenheit zu.

„Du lachst, aber es ist so."

„Ich lache nicht. Ich mag das. Wyatt hat vielleicht seine Berufung verfehlt."

„Vielleicht wird er dasselbe für dich tun."

„Oh nein", sagte Cole. „Ich habe Orte, an denen ich sein muss, und Dinge, die ich sehen will. Ich werde mich nicht niederlassen – doch dir steht es wirklich gut."

„Also, irgendwelche Hinweise, warum Wyatt dich zu Hause haben wollte oder was er tun musste, um dich hierher zu bringen? Was ist damit?"

„Er hat gesagt, dass er es mir sagen wird, wenn er morgen auftaucht." Cole stellte seinen Kaffee ab und ging in Richtung Flur, wobei er sein Hemd über den Kopf zog. „Aber ich bin gekommen, weil ich beschlossen habe, dass es an der Zeit ist, zu sehen, wie es dir als verheirateter Mann geht."

„Nun, in diesem Fall sollte offensichtlich sein, dass es mir gut geht."

Cole blieb an der Tür stehen. „Das sehe ich, aber ich möchte auch einen Blick auf Melody werfen und mich versichern, dass sie das gleiche alberne Grinsen auf ihrem Gesicht hat. Ich bin gleich fertig."

„Cole, warte einen Moment. Wegen Susan."

„Was ist mit ihr?"

„Ich denke, du bist nur für einen kurzen Besuch in der Stadt, und du solltest wissen, dass Susan nach einer echten Beziehung sucht. Einer, die eine Zukunft und eine Familie beinhaltet. Ich hoffe, du behältst das im Hinterkopf, solange du hier bist."

Cole warf Seth einen warnenden Blick zu. „Ich bin nicht hierher zurückgekommen, um irgendwelche Herzen zu brechen, falls du dir darüber Sorgen machst. Ich bin hier, und dann mache ich mich wieder auf den Weg. Ich habe viel zu tun."

„Cole, so habe ich das nicht gemeint. Es ist sechs Jahre her. Ich hoffe wirklich, dass du bereit für etwas Neues bist, vielleicht darüber nachzudenken –"

„Ich will nicht darüber reden, Seth", warnte Cole mit einer Schärfe in seiner Stimme, die Seth dazu brachte, seinen Kaffee abzustellen und ihn enttäuscht anzusehen.

Er stieß sich von der Theke ab und starrte Cole an. Die Spannung zwischen ihnen entstand aus brüderlicher Liebe und Sorge. Trotzdem war Cole nicht nach Hause gekommen, um sich weitere Vorträge über das Leben anzuhören, das er gewählt hatte.

Er drehte sich um und ging ins Badezimmer. Die Wahrheit war, er hatte nicht wirklich eine Ahnung, warum er nach Hause gekommen war. Sicher, Wyatt hatte ihn auf eine Weise gezwungen, von der Seth nie erfahren würde … doch selbst dann hätte Cole nicht kommen müssen. Warum also war er hier?

Okay, beruhige dich einfach! „Was meinen Sie mit, du gehst auf einen Angeltrip in Alaska?" Susan stand hinter der Theke von Sam's Diner und telefonierte. Der Mobilfunkempfang in Mule Hollow war äußerst schlecht, sodass sie oft die Festnetzanschlüsse von Kunden nutzen musste, um mit Betty, ihrer Teilzeit-Rezeptionistin, im Büro in Kontakt zu bleiben. Heute hatte sie vorgehabt, ihren Bauunternehmer auf ihrem neuen Grundstück zu treffen, damit sie die Pläne besprechen konnten, bevor er mit der Arbeit begann. Er hatte sie versetzt.

Nachdem sie eine Stunde gewartet hatte, war sie in die Stadt gefahren, um Sams Telefon zu benutzen.

Betty hatte ihr berichtet, dass der Bauunternehmer abgesagt hatte. Er war vom Vertrag zurückgetreten. Er konnte das nicht so einfach tun. Sie hatte ihn sofort angerufen.

„Genau wie ich es gesagt habe", sagte der Mistkerl gedehnt. „Ich gehe nach Alaska."

Susan wandte dem Gastraum den Rücken zu und senkte ihre Stimme, um nicht vor den Gästen zu schreien. Sie wollte nicht, dass jeder erfuhr, dass sie Probleme hatte. „Sie haben gesagt, ich wäre als Nächste dran", sagte sie mit großer Zurückhaltung. Ihr Daddy hatte ihr immer gesagt, sie solle ihr Temperament im Zaum halten, da eine zeternde Frau von einem Mann keinen Respekt bekam, doch … sie war so wütend, dass sie Nägel hätte speien können! „Wir hatten eine Vereinbarung."

„Sehen Sie, Lady, ich habe ein besseres Angebot. Ein Angebot, das ich sozusagen nicht ablehnen konnte. Ich bin hier draußen auf dem Angelausflug meines Lebens."

Ein Angebot, das er nicht ablehnen konnte. Woher hatte er ein solches Angebot? „Lassen Sie mich das also klarstellen. Ihr Wort ist einen Dreck wert."

Seine nächsten Worte waren nicht höflich. Und dass er ihr unmissverständlich sagte, dass sie sich kopfstellen und mit den Füßen wackeln könne und er nicht kommen würde, trug auch nicht zu ihrer Stimmung bei. Wenn der Typ ihr für ein besseres Projekt abgesagt hätte, wäre sie vielleicht nicht so wütend. Aber nein, der Clown ging angeln. *Angeln!*

Susan kämpfte gegen den Drang an, etwas zu treten, und hängte den Hörer behutsam in die Halterung. Sie musste sich sehr beherrschen, um ihn nicht gegen die Wand zu schlagen.

Was jetzt?

Sie biss sich auf die Lippe und starrte angestrengt auf das Telefon.

Was sollte sie tun? Im Inneren des Gebäudes mussten Wände herausgerissen und neue gebaut werden. Auch Theken und Regale, ganz zu schweigen von der Elektro- und Sanitärinstallation, die erneuert werden mussten. Und alles musste bis Ende des Monats erledigt sein. Sie konnte die ruhige Stimme ihres Vaters hören, die sie daran erinnerte, einen kühlen Kopf zu bewahren, sich zusammenzureißen und die Arbeit zu erledigen. „Es zu erledigen ist das, worauf es ankommt", pflegte er mit diesem texanischen Unterton zu sagen, der sie immer noch zum Lächeln brachte, wenn sie daran dachte. Trotzdem vermisste sie ihn sehr. Trotzdem wollte sie ihm gefallen. Und sie würde es schaffen. Sie hatte schon früher Rückschläge erlebt, und seine Worte hatten sie immer angespornt, es doch zu schaffen.

Jetzt musste sie ihre Termine für den Tag erledigen und nach Hause fahren. Wenn sie Glück hatte, würde sie heute eine ganze Nacht durchschlafen und morgen bereit sein, einen neuen Bauunternehmer zu finden. Sie war ziemlich erledigt, doch wenn sie die Nacht ohne einen Notruf überstand, würde sie den dringend benötigten Schlaf bekommen und den Nebel der

Erschöpfung vertreiben, der ihren Kopf trübte. Doch in letzter Zeit kam es ihr so vor, als hätte sie ununterbrochen Notrufe.

„Hier ist dein Burger, Doc", sagte Sam und kam mit einer Papiertüte in der Hand aus der Küche. Seine scharfen alten Augen schienen sie zu durchschauen. „Alles okay, Mädchen? Du bist ganz rot im Gesicht."

„Alles in Ordnung, Sam …" Sie biss sich auf die Lippe. „Nein, eigentlich nicht. Du kennst nicht zufällig einen guten Bauunternehmer, oder?"

Sam war ein winziger Mann Ende sechzig mit der grenzenlosen Energie eines viel jüngeren Mannes. Er war ein harter Arbeiter wie ihr Vater es gewesen war, und sie respektierte ihn sehr. Er kannte auch jeden im Umkreis von hundert Meilen um die Stadt.

Er rieb sich das Kinn. „Bauunternehmer. Hast du Ärger?"

„Sieht so aus. Ich muss in drei Wochen aus meiner Praxis raus sein. Aber", sie knurrte das Wort praktisch, „mein Bauunternehmer hat mir gerade erklärt, dass er lieber auf einen Angelausflug geht. Einen Angelausflug! In *Alaska!*"

Sam verzog sein wettergegerbtes Gesicht. „Tank Clawson war schon immer einer, dem sein Spaß wichtiger war als die Arbeit. Es ist ein Wunder, dass er es sich leisten kann, all seine Ferien zu finanzieren."

Susan wusste, was es war. Angebot und Nachfrage zahlten sich gut aus. Wenn er arbeitete, war er gut, und die Leute waren bereit, ihn dafür gut zu bezahlen. Sie hatte ihm den Auftrag gegeben, weil er gesagt hatte, er könne sie zwischen zwei große Projekte schieben. „Ich hatte nicht den Eindruck, dass er für diese Reise bezahlt."

Sam zupfte an seinem Ohr. „Das ist verdammt seltsam."

„Ja, das ist es. Danke fürs Mittagessen, Sam. Was würde ich nur ohne dich machen?"

Seine Brauen senkten sich. „Du würdest verkümmern. Du musst einen Gang runterschalten, dich an einen der Tische setzen und den Burger in Ruhe essen, anstatt unterwegs im Auto. Wenn du das tust, könnte sich einer dieser Cowboys zu dir setzen, und wer weiß, wohin das führen würde."

Sie warf einen Blick auf die drei Tische voller Cowboys. Das würde sie tun, sobald sie sich eingerichtet hatte. „Keine Zeit heute. Ich habe mehr Zeit mit diesem Anruf verschwendet, als ich übrig habe. Ich muss noch eine Ladung Vieh bei Clint untersuchen, und das wird den ganzen Nachmittag dauern." Sie nahm die Tüte und wedelte damit. „Danke nochmal."

Er runzelte die Stirn. „Kein Wunder, dass Cole Turner dich aus dem Graben retten musste. Es ist ein

Wunder, dass du nicht schon viel früher eingeschlafen und gegen einen Baum gefahren bist."

„Sam, ich versuche ja, langsamer zu werden. Je schneller ich einen Bauunternehmer finde, der sich um meine Praxis kümmert, desto früher werde ich besser schlafen können."

„Ich bin dran."

„Danke. Ich bin sicher, wenn es einen gibt, wirst du ihn finden – oder dass du mir helfen wirst, jemanden zu finden, der einen kennt."

„Ja. Vielleicht habe ich schon jemanden im Sinn."

„Wirklich?" Susans Hoffnungen schossen in die Höhe. „Wen?"

„Kann ich noch nicht sagen. Du kommst morgen Abend zum Grillen auf die Ranch von Clint und Lacy, oder?"

„Ja", sagte Susan und fragte sich, an wen er dachte. „Du auch?"

„Jupp. Ich habe meinen Hilfskoch angerufen, damit er hier für mich einspringt. Dann werden Adela und ich dich dort sehen." Er nickte. „Wahrscheinlich wird es ein interessanter Abend, da Cole auch da sein wird."

Genau das, wovor sie sich fürchtete: Dieser Mann würde überall auftauchen. Sie würde sich nirgendwo vor ihm verstecken können, bis ihm langweilig wurde und er wieder ging. „Nach allem, was ich über ihn gehört habe, wird er nicht lange da sein", sagte sie und wünschte sich dann, sie hätte einfach ihren Burger genommen und sich wie geplant auf den Weg gemacht.

„Vielleicht." Sam warf sich mit einem Grinsen sein allgegenwärtiges Geschirrtuch über die Schulter. „Vielleicht auch nicht."

KAPITEL FÜNF

Coles Blick schweifte über die Gäste, als er Seth und Melody zum Grill im Garten folgte. Clint und Lacy Matlock hatten eine wunderschöne Ranch. Das Haupthaus lag auf einem Hügel und überblickte ein atemberaubendes Tal.

Es war jedoch nicht die Aussicht, die Coles Aufmerksamkeit erregte, sondern die große, schlanke Schönheit, die an der Brüstung lehnte und ihn beobachtete.

Er hatte sich gefragt, ob sie hier sein würde. So seltsam die Stimmung zwischen ihnen auch war, ihm wurde in dem Moment, als er sie sah, klar, dass er gehofft hatte, sie hier zu sehen.

Als er an einer Wanne mit eisgekühlten Getränkedosen vorbeikam, nahm er zwei Cola und ging auf sie zu. Vielleicht hätte er wegbleiben sollen, doch so war er nicht. Auch wenn sie nicht begeistert aussah, ihn zu sehen.

Er ging die Stufen hinauf. „Schau nicht so feindselig drein, Doc. Ich bringe Cola." Er öffnete den Deckel einer Dose und reichte sie ihr. Sie nahm sie nicht. „Komm schon, es wäre unhöflich, deinen gutaussehenden Retter zu brüskieren."

Widerwillig nahm sie das Getränk. „Du wirst diesen Unfall auf jede erdenkliche Weise melken, nicht wahr?"

„Möglicherweise." Er öffnete seine Dose und trank einen Schluck. „Ich muss sagen, ich bin ziemlich gut darin, Menschen zu lesen, aber du bist mir ein Rätsel."

„Wieso das?"

„Obwohl ich dein Ritter in glänzender Rüstung bin, habe ich immer wieder das Gefühl, dass du mich am liebsten von einer Herde wilder Pferden überrannt sehen würdest."

Susan verschluckte sich fast an ihrer Limonade. „Das tue ich nicht!"

Sie hatte einen Hauch von Schimmer auf ihre Lippen aufgetragen, doch jetzt presste sie sie aufeinander. Für April war es ein warmer Tag, aber die Temperatur stieg noch ein paar Grad, als sie einander anstarrten.

„Oh, du weißt, dass es so ist."

„Zu deiner Information, ich weiß, dass du nicht lange in der Stadt bleiben wirst. Also –"

„Woher willst du das wissen?"

„Nun, ähm ... du bleibst nie lange."

Der gute Doc war nervös. „Hast du dich nach mir erkundigt, Doc?"

„Nein. Natürlich nicht."

Man konnte ihn verrückt nennen, zu flirten – und genau das tat er, doch er genoss es. Er wollte gerade weitermachen, als Norma Sue Jenkins um die Ecke des Hauses bog und ihn entdeckte.

„Cole Turner!", rief sie und zog ihn in ihre Arme. Die kleine, stämmige Frau hob ihn vor Begeisterung förmlich von der Terrasse.

„Du bist eine Augenweide!", erklärte Norma Sue.

Sie war mit Clint Matlocks Vorarbeiter Roy Don verheiratet. Sie und Roy Don waren Freunde seiner Großeltern und seiner Eltern gewesen. Als Junge hatten er und seine Brüder fast so viele Abende im Haus von Roy Don und Norma Sue verbracht wie in ihrem eigenen. Norma war von der Spitze ihrer Stiefel bis zur Spitze ihres weißen Stetson eine echte, robuste Rancherin aus Texas. Sie trug immer Jeans und Westernhemden mit Perlmuttknöpfen oder blaue Latzhosen – außer sonntags, da hatte sie eine Vorliebe für gestreifte Kleider. Heute Abend hatte sie sich für

Jeans und ein blassblaues Hemd mit Perlmuttknöpfen entschieden. Ihr drahtiges graues Haar ragte unter dem Stetson hervor und kitzelte ihn am Kinn, als sie seinen Kopf an ihre Schulter zog und ihn beinahe erstickte, als hätte sie ihn seit Jahren nicht mehr gesehen.

Norma Sue war schon immer eine große Umarmerin gewesen, und er hatte es als Kind gehasst. Doch als ein Mann, der seine Eltern und Großeltern vermisste, genoss er den Trost, den ihre Umarmungen ihm schenkten. „Ich habe dich vermisst, Junge", sagte sie und ließ ihn endlich los.

„Norma Sue, ich habe dich erst bei der Hochzeit gesehen, also wenn du so weitermachst, werden die Leute anfangen zu reden."

Sie versetzte ihm einen Klaps auf den Arm und runzelte die Stirn. „Ich bereite mich darauf vor, dass du die Stadt verlässt und jahrelang nicht mehr zurückkommst. Wie vor Seths Hochzeit", sagte sie in vorwurfsvollem Ton. „Ich kann nicht glauben, dass du im selben Jahr zweimal nach Hause kommst."

Roy Don war herübergekommen und zog ihn nun in eine schnelle väterliche Umarmung. „Willkommen zu Hause, Sohn. Sie wird stinksauer, wenn sie daran denkt, dass du in der Weltgeschichte herumreist und keine Zeit hast, nach Hause zu kommen. Ich hatte kaum Ruhe, nachdem du ein paar Stunden nach der

Hochzeitsfeier in den Sonnenuntergang geritten bist."

„Das tut mir leid." Cole hatte vorgehabt, nach der Hochzeit länger zu bleiben, doch so sehr er sich auch für Seth und Melody gefreut hatte, im Laufe des Abends hatten ihn unerwartete Gefühle übermannt. Er hatte keine andere Wahl gehabt, als zu gehen. Er war wochenlang schlecht gelaunt gewesen.

Er war wütend auf Gott gewesen, nachdem Lori gestorben war, und es hatte lange gedauert, bis er wieder irgendeine Art von Beziehung aufbauen wollte. Er hatte es tatsächlich versucht. Unerwarteterweise hatte Seths Hochzeit ihn fast wieder an den Anfang zurückgeworfen.

Auf keinen Fall wollte er, dass Seth oder Melody das jemals erfuhren … Wyatt hingegen hatte es herausgefunden – nicht, dass er alles wusste, aber dennoch … das war der Grund, warum Cole jetzt hier war. Sein großer Bruder hatte entschieden, dass es Zeit war, dass Cole zu einem längeren Besuch nach Hause kam, und gedroht, Seth alles zu erzählen, wenn er nicht kooperierte. Wyatt argumentierte, dass es ihm helfen würde, seine Vergangenheit zu überwinden, wenn er nach Hause käme und Zeit mit den Frischvermählten verbringen würde. Nicht, dass Cole über seine Vergangenheit hinwegkommen wollte … und das, hatte Wyatt argumentiert, war das Problem.

„Also …", Roy Don grinste unter seinem dicken Schnurrbart, „– du kannst dir gut vorstellen, wie sehr ich mich gefreut habe zu hören, dass du so bald wieder zu Besuch bist."

Cole amüsierte die übertriebene Beschreibung des alten Cowboys. „Ich bin froh, dass ich helfen konnte."

Norma Sue strahlte, ihre runden Wangen so prall, dass sie im Licht der untergehenden Sonne glänzten. „Zweimal in einem Jahr, das ist Rekord. Und es war nötig." Sie warf Susan einen Blick zu. „Wir hoffen, dass er vielleicht bleibt."

„Ich verstehe." Susans skeptischer Blick traf ihn mit voller Wucht, bevor er auf ihre Getränkedose fiel.

Etwas an dem Blick, den er gerade gesehen hatte, ließ Cole über eine Antwort stolpern. „Ich war sehr beschäftigt", sagte er, wandte seinen Blick von Susan ab und begegnete Normas Falkenaugen. Im Kopf der Frau machte es *klick*, als sie ihn und Susan musterte. „Leider waren an der Golfküste viele Wiederaufbauarbeiten nötig." Er musste dieses Gespräch schnell auf ein anderes Thema bringen.

„Wir wissen, dass du Großartiges geleistet hast", sagte Norma Sue und schluckte den Köder.

„Du vertrittst deine Heimatstadt sehr gut", pflichtete Roy Don bei. „Vergiss nie, wie stolz wir darauf sind, dich einen der unseren zu nennen."

„Das stimmt", nickte Norma Sue. „Wir freuen uns einfach, dich zu sehen. Wir können nicht anders, als zu hoffen, dass du dich hier mit einem netten Mädchen niederlässt, das dir viele süße Babys schenken wird." Ihr Blick glitt zu Susan, und seiner folgte – wie ein Idiot. Susans Augen blitzten auf, doch sie leistete großartige Arbeit, indem sie ihren Gesichtsausdruck neutral hielt.

Er schluckte schwer und hoffte, dass es ihm genauso gut gelang. „Ich bin nicht wirklich auf der Suche …"

Norma unterbrach ihn und klopfte ihm auf den Rücken. „Wir sind wirklich froh, dass du für unsere Susan da warst. Es ist kein Zufall, dass du genau im richtigen Moment aufgetaucht bist – ich glaube nicht an Zufälle."

Susans Augen weiteten sich. Wenn es nicht so falsch gewesen wäre, hätte sie ihre Reaktion vielleicht lustig gefunden. Norma Sue war noch nie jemand gewesen, der um den heißen Brei herumredete.

„Norma, denk nicht daran zu versuchen, mich zu verkuppeln", warnte er.

Norma Sue und ihre beiden besten Freundinnen, Esther Mae Wilcox und Sams Frau Adela, liebten es, die Cowboys der Gegend zu verkuppeln. Sie hatten die Stadt vor dem Aussterben bewahrt, indem sie auf die Idee gekommen waren, eine Anzeige zu schalten, um

Frauen für die einsamen Cowboys nach Mule Hollow zu locken. Sie hatten ihre Berufung gefunden, das war sicher. Der Beweis stand überall im Garten und auf der Terrasse herum – fast alle Paare, die heute Abend hier waren, waren auf irgendeine Weise von ihnen zusammengebracht worden.

„Cole!"

Der Schrei kam von Esther Mae Wilcox, als sie mit einer großen Obstschale in der Hand aus dem Haus kam. Sie ließ sie auf den langen Tisch fallen und eilte dann zu ihm. Esther war persönlich genauso laut wie in ihrer Kleidung. Sie trug eine lila-pink gestreifte, wadenlange Hose und eine lila Bluse mit einer riesigen pinkfarbenen Rose auf der einen Seite. Sie war so leuchtend pink, wie ihr Haar grellrot war. Ihre Persönlichkeit war genauso lebhaft.

„Wird aber auch Zeit, dass ich eine Umarmung bekomme. Ich habe gehört, du bist wieder in der Stadt." Sie warf ihre Arme um ihn.

„Esther Mae, wie geht's dir?", fragte er. Als er fünf Jahre alt gewesen war, hatte er sich gewunden, um sich aus ihren Umarmungen zu befreien. „Behandelt dich dieser Hank immer noch gut, oder bist du bereit, mit mir wegzulaufen?"

Esther Mae kicherte und trat zurück. Sie war selbst ein Hauch von Pink. „Du warst schon immer ein

Charmeur – das habt du und Wyatt direkt von der Turner-Seite bekommen."

„Stimmt, aber das Angebot steht."

Sie stieß ihn mit dem Ellbogen an. „Mein Hank wüsste nicht, was er tun sollte, wenn ich weglaufen würde."

„Oh, das weiß ich." Er lachte.

„Unser vierzigjähriger Hochzeitstag ist morgen."

Norma Sue schnitt eine komische Grimasse. „Ihr zwei werdet alt, Esther Mae."

„Hey, fang nicht damit an. Du und Roy Don geht auf die dreiundvierzig Jahre zu."

„Stimmt, aber ich war ein Baby, als wir geheiratet haben."

„Ich auch." Esther Mae lachte. „Das ist meine Geschichte, und ich bleibe dabei."

Cole schmunzelte, und sein Blick wanderte zu Susan. Er erschrak über den sehnsüchtigen Ausdruck in ihren Augen, als sie Esther Mae ansah.

„Das ist wunderbar, Esther Mae. Ich freue mich so für euch beide", sagte sie. „Ähm, ich muss rein. Ich habe Lacy gesagt, dass ich ihr helfen würde."

Cole sah ihr nach. Dieser Abend tat ihr gut. Sie arbeitete nicht; sie sah nicht erschöpft aus. Im Gegenteil, sie sah fantastisch aus. Doch irgendetwas schien nicht mit ihr zu stimmen. Und er konnte nicht anders, als sich zu fragen, was es war.

„Lacy!" Susan betrat die Küche und war erleichtert, ihre Freundin allein vorzufinden. Sie war gerade mit dem Glasieren eines Kuchens fertig und strich mit dem Finger über den Rand der Schüssel mit übriggebliebener Glasur.

„Was ist los, Süße? Du siehst aus, als hättest du Elvis oder sowas gesehen."

„Ich wünschte, es wäre so! Es sind Norma Sue und Esther Mae. Ich denke, sie haben irgendwas vor. Ich sehe es in ihren Augen."

Lacy steckte sich auf dem Weg zum Waschbecken mit Messer und Schüssel ihren mit Zuckerguss überzogenen Finger in den Mund. „Ich sage es dir nur ungern, aber damit liegst du genau richtig. Heute Nachmittag sind sie summend wie die Bienen in den Salon gekommen", vertraute sie ihr mit einer Grimasse an. „Coles Heimkehr hat ihnen ein Funkeln in die Augen gezaubert, und du weißt, was das bedeutet. Adela ist nebenan und wiegt Dotties Baby in den Schlaf, aber glaub mir, sie ist an Bord. Die Kupplerinnen sind dabei, sich einzuschießen."

Susan biss sich auf die Lippe. „Irgendeine Ahnung, auf wen?"

„Sie sind entschlossen, Cole zum Bleiben zu bringen. Sie suchen nach einer passenden Frau für diesen großen Cowboy, weil sie überzeugt sind, dass er das tun wird, wenn er sich verliebt."

Susan bekam es mit der Angst zu tun. „Aber er will nicht bleiben."

„Ein Mann kann seine Meinung ändern."

„Das schon, aber er scheint das Herumreisen wirklich zu lieben."

„Das wird irgendwann langweilig. Sagen sie jedenfalls." Lacy nahm den Kuchen und strahlte sie an. Die blauen Augen der zierlichen Blondine funkelten schelmisch. „Machst du dir wegen irgendwas Sorgen?"

„N-nein. Ich meine, er bedeutet mir nichts." Susan meinte es so.

„Ihr zwei klingt wirklich so, als würdet ihr euch gut verstehen."

„Oh nein, tun wir nicht."

Lacy lachte. „Dieser Cowboy hatte dich in dem Moment im Visier, als er aus seinem Truck gestiegen und auf dieses Haus zugegangen ist. Und du hast ihn genauso schnell bemerkt."

„Das ist nicht wahr. Und außerdem warst du gar nicht draußen."

„Ha! Ich habe aus dem Fenster geschaut. Die Temperatur ist spontan um zwanzig Grad angestiegen."

„Lacy Matlock, du solltest dich jetzt besser zurückhalten mit solchen Feststellungen und den Kupplerinnen keine Ideen in den Kopf setzen. Ich bin ein Stubenhocker und an meinen Job gebunden, und er lebt auf seiner Harley. Er und ich passen einfach nicht zusammen."

„Das ist typisch für Susan Workaholic-Worth", sang Lacy praktisch. „Ich dachte, du ziehst hierher, um auch wieder ein gesellschaftliches Leben zu führen. Die Mädels haben das für dich im Sinn, also entspann dich, lerne den Typen einfach erstmal kennen."

Susan war heiß. Heiß, als würde sie krank werden. *Cole Turner* – auf keinen Fall.

Egal, wie attraktiv sie ihn fand, er war nicht der Richtige für sie. Das Risiko war zu groß.

Wenn sie ihre Vorsicht in den Wind schlagen und sich von den Kupplerinnen mit einem Nomaden verkuppeln lassen würde, wäre sie verrückt.

Sie erschrak, als Lacy ernst wurde und sie plötzlich umarmte.

„Es ist okay", sagte sie. „Du kennst die Mädels gut genug, um zu wissen, dass sie nur das Beste für dich wollen, oder?"

„Ich weiß, was das Beste für mich ist, und es ist *nicht* Cole Turner."

Lacy schnaubte, und Susan fühlte sich verunsichert,

als Lacy sie zur Tür zog. „Du bist so ziemlich das misstrauischste Mädchen, das ich je gesehen habe. Es ist Zeit zu essen, Susan. Aber denk daran, dass wir manchmal andere kleine Stupser in die richtige Richtung brauchen."

„Ich habe einen großartigen Orientierungssinn, und deshalb halte ich mich so weit wie möglich von Cole fern, solange er in der Stadt ist."

Lacy warf einen Blick über ihre Schulter, als sie nach draußen ging. „Was auch immer du sagst. Aber ich habe das Gefühl, dass es nicht so leicht sein wird."

Oh ja, das würde es sein, dachte Susan, als sie auf die Terrasse trat und fast mit Sam zusammenstieß.

„Genau die Frau, nach der ich gesucht habe", sagte er und hielt sie am Arm fest. „Brauchst du immer noch einen Bauunternehmer?"

„Ja", sagte sie und fühlte sich allein schon von der Begeisterung, die sie in seiner Stimme hörte, erleichtert. Wenn die Arbeiten an ihrer Klinik erst einmal begonnen hatten, würde sie das etwas entspannen. „Hast du jemanden gefunden?"

„Ja, das habe ich. Komm mit." Er legte ihre Hand in die Beuge seines drahtigen Arms und ging über die Terrasse.

Die Menge um Cole war gewachsen, und das war die Richtung, in die Sam sie führte. Sie betrachtete die

Gruppe und wusste, dass keiner von ihnen ein Handwerker war.

„*Sam*", sagte sie und ging langsamer.

„Jetzt bekomm mir bloß keine kalten Füße", sagte er und blieb vor Cole stehen. Cole blickte von ihr zu Sam.

„Cole." Sam grinste. „Susan hat einen Vorschlag für dich."

KAPITEL SECHS

„Einen Vorschlag?"

Coles rauchblaue Augen glitzerten vor warmer Neugier, als er die Arme verschränkte und Susan betrachtete. Unglaublich, für diesen Moment fühlte sie sich, als wäre sie die einzige Person, die neben ihm stand. Es war so beunruhigend, wie die letzten drei Minuten gewesen waren.

„Jupp", nickte Sam und schob Susan einen Schritt nach vorne. „Susan hat den perfekten Job für dich, während du zu Hause bist."

Susan wollte unter einen Felsen kriechen, doch alle starrten sie an. Sie kämpfte darum, ruhig und ausgeglichen auszusehen.

„Und was wäre das?", sagte Cole gedehnt und verlagerte sein Gewicht gegen die Brüstung, an der er lehnte.

„Gestern hat ihr Bauunternehmer sie sitzen gelassen und den Auftrag storniert. Sie steckt in der Klemme und braucht einen zuverlässigen Mann – du wärst perfekt für den Job."

Perfekt für den Job! Oh, was für ein Alptraum. Cole richtete sich auf und sah so erschrocken aus, wie sie sich fühlte.

„Brauchst du wirklich Hilfe?", fragte er und klang dabei so, als ob er wollte, dass sie nein sagte.

Sie konnte nicht nein sagen, nicht, wenn die ganze Stadt zuhörte. „Ja, aber ich bin sicher, für so etwas hättest du sowieso keine Zeit. Das war Sams Idee. Sam", sagte sie und richtete ihre Aufmerksamkeit auf den älteren Mann, „er ist hier, um Seth und Melody zu besuchen, bevor er wieder zur Arbeit zurückgeht." Damit gab sie ihm den perfekten Ausweg. Vielleicht würde er den Hinweis verstehen und sich früher auf den Weg machen.

„Na ja –"

Allein die Art, wie er es sagte, versetzte alle Nerven in Alarmbereitschaft, als ihr Blick zurück zu ihm schoss.

„Ich könnte rauskommen und es mir ansehen."

Was für eine Art, ihren Plan, sich von ihm fernzuhalten, zu sprengen. Sie konnte das nicht zulassen … und doch wurde sie in ihrer Klinik gebraucht.

„Aber nur, wenn du willst", fügte er hinzu, als sie nichts sagte.

„Das ist eine großartige Idee!", rief Lacy aus dem hinteren Teil der Menge. Susan warf ihr einen bösen Blick zu und bemerkte das Lachen in ihren Augen.

„Oh wie perfekt!", rief Esther Mae.

„Nein", platzte Susan heraus. Daran konnte sie gar nicht denken. Egal wie verzweifelt sie war.

„Aber es ist die perfekte Lösung", mahnte Norma Sue und sah sie an, als wäre sie verrückt, weil sie überhaupt daran gedacht hatte, den Liebling von Mule Hollow abzulehnen.

Das war absolut unglaublich. Ihr einziger Trost war, dass ihr klar wurde, dass Cole genauso zerrissen aussah wie sie. Das war auf eine seltsame Weise ein wenig beruhigend. Doch nur ein wenig.

„Lass es ihn einfach mal ansehen", sagte Applegate und trat irgendwo aus der Menge hervor. Sie hatte ihn bis zu diesem Moment nicht einmal gesehen. „Du warst noch nie ein Narr, wenn es ums Geschäft ging, also fang jetzt nicht damit an."

Sie warf ihm einen empörten Blick zu, nicht länger in der Lage, ihren Unmut über diese ganze Idee zu verbergen.

Cole neigte den Kopf. „Soll ich es mir ansehen?"

Junge, war das verrückt. „Sicher", schnaubte sie

und fühlte sich in die Enge getrieben. „Wenn du Zeit dafür hast, wäre das … gut."

„Er hat Zeit", sagte Seth neben Applegate. „Melody und ich würden uns freuen, wenn er irgendwas tut, das seinen Besuch verlängert."

Cole war an der Reihe, seinem Bruder einen fragenden Gesichtsausdruck zuzuwerfen. „Du sagst mir nur wann und wo, und ich werde da sein, um mir anzusehen, womit wir es zu tun haben."

Susans Herz pochte. Sie holte tief Luft und nickte knapp. Sie musste all ihre Kraft aufwenden, nur um ihr Kinn nach unten und oben zu bewegen.

„Bring ihn gleich jetzt rüber", erklärte Sam. „Keine Zeit rumzutrödeln. Du musst so schnell wie möglich mit dem Umbau anfangen, und der Grill hier wird immer noch da sein, wenn ihr wieder zurückkommt."

„Jetzt?" Susan schnappte nach Luft, bevor sie sich wieder fing.

Cole schmunzelte. „Warum nicht? Lacy, wir sind in nicht einmal einer Stunde zurück. Ist das in Ordnung?"

„Ja, ja, geht nur", sang sie in echter Lacy-Manier. „Nehmt euch die Zeit, die ihr braucht. Du weißt, meine Partys enden nicht so schnell."

Susan konnte ihren Ärger kaum zurückhalten, als Cole auf sie zutrat und ihren Arm ergriff. Seine Finger waren warm und schickten ein Kribbeln über ihre Haut, als er sie zu seinem Truck führte.

Plötzlich war sie in der gleichen Situation wie in der Unfallnacht, als er die Führung übernommen hatte … wieder einmal überrumpelt.

„Das ist lächerlich …"

„Spiel einfach mit", murmelte Cole dicht an ihrem Ohr, während sie gingen. „Das ist der einfachste Weg. Wenn du nicht mit dem Strom schwimmst, werden sie dich den ganzen Abend nicht in Ruhe lassen."

Er hatte recht, und sie wusste es.

Ja, sie wurde ordentlich überrumpelt. Doch dieses Mal von der ganzen Stadt! Was um alles in der Welt sollte sie tun?

Cole versuchte, den offensichtlichen Kuppelversuch zu ignorieren, den er gerade erlebt hatte, als er die Beifahrertür seines Trucks schloss und auf seine Seite ging.

Er stieg mit einem kurzen Blick auf seine Beifahrerin ein und konzentrierte sich dann darauf, den Truck auf die Straße und weg von neugierigen Blicken und berechnenden Köpfen zu bringen.

Seine Freunde wollten ihn wieder zu Hause wissen, und es war offensichtlich, dass sie es auf diesem Weg versuchen würden. Er hatte vorgehabt, gerade lange genug in der Stadt zu bleiben, um Wyatt dazu zu bringen, dieses plötzliche Interesse an seinem Leben und Wohlergehen zu begraben. Doch *damit* hatte er nicht gerechnet.

Ein paar Tage hatte er gehofft. Wyatt hatte gesagt, dass er sich ihm hier anschließen würde, und er hatte geplant, bald danach zu gehen. Doch sein großer Bruder hatte heute Nachmittag angerufen und gesagt, es würde Mittwoch oder Donnerstag werden, bevor er es in die Stadt schaffen würde. Er hatte einfach zu viel zu tun und konnte nicht weg. Das bedeutete fast eine Woche Warten. Also hatte Cole zugestimmt, bis dahin zu bleiben.

Jetzt war er seltsamerweise fasziniert von dem ganzen Aspekt dessen, was gerade passiert war. Die Tatsache, dass er fasziniert und nicht verärgert war, war seltsam. Doch wenn Susan sich Sorgen machte, dass er auf falsche Gedanken kam, dann war das nicht nötig. Nein, fasziniert oder nicht, er war nicht hier, um sich zu verlieben – und es war offensichtlich, dass sich seine Freunde aus seiner Heimatstadt genau das erhofften. Susan konnte sich in diesem Punkt beruhigt zurücklehnen. Er war nicht auf der Suche nach Liebe.

„Dein Bauunternehmer hat dich also hängen lassen?", fragte er schließlich, als sie keinen Versuch eines Gesprächs machte.

„Ja. Er hat ein Angebot bekommen, das er nicht ablehnen konnte, und sich für den Angeltrip nach Alaska entschieden. Die Arbeitsmoral mancher Leute erstaunt mich wirklich."

„Da sind wir uns einig." Cole warf ihr einen wohlwollenden Blick zu. Selbst bei Katastrophen war er erstaunt darüber, wie manche Männer ihre Verpflichtungen einfach aufgaben. Leute im Stich ließen, die schon genug gelitten hatten, als ihre Häuser zerstört worden waren und sie alles verloren hatten … Er wusste in gewisser Weise, wie sie sich fühlten, weil er Lori verloren hatte und sie alles für ihn gewesen war.

„Klar, dass jemand mit einer Arbeitsmoral wie deiner so denkt." Sofort spürte er, wie sich ihr Blick in ihn bohrte, und er entschied, dass es klüger war, die Straße im Auge zu behalten.

„Ich glaube einfach an harte Arbeit", sagte sie. In ihren Worten lag eine defensive Note. „Mich ganz dem widmen, was ich tue. Und da zu sein, wenn meine Patienten – die sich auf mich verlassen – mich brauchen."

„Beruhige dich", lächelte er und begegnete ihrem finsteren Blick. „Ich habe nicht gesagt, dass es etwas Schlechtes ist. Ich bewundere dein Engagement."

Ihre Wangen färbten sich pink. „Oh, tut mir leid.

Ich wollte nicht so empfindlich sein. Es ist nur, nun, nicht jeder denkt so."

Sie hatten die Kreuzung erreicht, und er brachte den Truck zum Stehen, bevor er in Richtung Klinik abbog.

„Ich bin mir sicher, dass es in deinem Geschäft nützlich ist, ein bisschen streitlustig zu sein. Du musst dich wahrscheinlich oft behaupten."

Er bemerkte ein Aufflackern von Emotionen in ihren Augen, die er kurz gesehen hatte, als sie erschöpft gewesen war. Verletzlichkeit war nicht ihr Stil, aber sie war da, und er wusste instinktiv, dass sie sie hasste und sie als Schwäche betrachtete.

„Ja, das muss ich", sagte sie und rieb sich den Oberschenkel, als würde ihr der Gedanke Sorgen machen.

Den tiefen Seufzer, der auf die Antwort folgte, schien sie gar nicht bemerkt zu haben, und er fragte sich, ob er ihr unbewusst entkommen war. Er konnte nicht anders, als neugierig auf sie zu sein. Er fragte sich, ob es etwas Besonderes gab, das sie antrieb.

„In dieser Richtung?", fragte er, obwohl er wusste, dass er richtig abgebogen war, doch er wollte ihr etwas anderes zum Nachdenken geben.

„Ja, etwa fünf Meilen die Straße runter."

Er fuhr weiter, während sie ihm genauere Anweisungen gab und erzählte, wem das Anwesen gehört hatte. Alles Dinge, die er bereits von Applegate und Stanley wusste.

„Das ist der perfekte Ort für deine Klinik. Ich schätze, das alles steht jetzt schon seit Jahren leer?"

„Ja. Ich bin begeistert. Aber du musst das wirklich nicht tun."

Er lächelte und meinte es so. „Ich weiß. Aber ich kann wenigstens einen Blick für dich drauf werfen."

Eine unangenehme Stille breitete sich zwischen ihnen aus. Er zog es vor, nicht zu drängen. Er lernte schnell, und man musste kein Genie sein, um zu sehen, dass Susan es hasste, unter Druck gesetzt zu werden.

Heute Abend wollte er nicht streiten. Als er sie ansah, wurde ihm klar, dass er sie besser kennenlernen wollte. Trotz der offensichtlichen Angewohnheit, sich aneinander zu reiben, hatten sie ein paar Dinge gemeinsam.

„Da ist es", sagte sie, sobald es in Sicht kam.

Von außen war es in recht gutem Zustand. Da es sich um ein Metallgebäude handelte, hatte er das aber auch nicht anders erwartet. Doch die ausgefahrene Auffahrt würde etwas Aufmerksamkeit erfordern, bevor Pferdeanhänger und andere Fahrzeuge sicher darüber fahren konnten.

„Ein gutes Anwesen hast du dir da ausgesucht", kommentierte er, als er anhielt.

„Danke. Es ist ein bisschen weg vom Schuss, aber das gilt so ziemlich für alles andere hier auch."

Sie öffnete ihre Tür und sprang aus dem Truck, bevor er mehr sagen konnte. Er sah ihr nach, als sie zuerst zur Haustür ging, dann folgte er ihr. Es war offensichtlich, dass es ihr unangenehm war, in seiner Nähe zu sein. Doch sie freute sich über ihren Kauf, obwohl sie ihre Freude ein wenig herunterzuspielen schien.

Das Gefühl, herausgefordert zu werden, überkam ihn, als er sich ihr näherte. Wer war Susan Worth? In letzter Zeit waren alle möglichen Fragen über sie in seinem Kopf aufgetaucht. Was trieb sie an? Warum war sie so entschlossen, jedes Aufflackern von Weichheit zu verbergen, das er heute und neulich Nacht kurz gesehen hatte? Diese und andere Fragen tauchten auf, doch er schob sie beiseite, als er ihr folgte. Er war hier, um sich ihr Gebäude anzusehen … und nicht, um diese Fragen zu beantworten.

Das Gebäude war wie die meisten älteren Metallgebäude – weißes Wellblech mit ausgebleichten blauen Zierleisten um die Fenster und entlang des Dachs. Die metallene Eingangstür war mattgrau, ohne Fenster und mit einer großen Delle unten, als wäre sie getreten worden.

Es gab zwei große Fenster auf beiden Seiten der

Tür, sodass zumindest Licht in den Wartebereich fallen würde, von dem er annahm, dass er dort sein würde. Sie schloss die Tür auf und ging voran in den großen offenen Raum. Von der Schadensermittlung und -beseitigung her, bei Versicherungsansprüchen oder in Notsituationen war er es gewohnt, Gebäude zu betreten und automatisch die Situation einzuschätzen.

„Gar nicht so schlimm", sagte er, als sein Blick auf die billige Vertäfelung im Raum fiel. Er warf einen Blick aus der Tür, die in den hinteren Bereich führte, wo einst Bohrinselaufbauten und Rohre aufbewahrt worden waren. „Zumindest hat es eine gute Substanz."

Sie steckte ihre Finger in ihre Jeanstaschen und wippte auf ihre Zehenspitzen. „Das hat es, nicht wahr?"

Die Aufregung in ihrer Stimme war unverkennbar. Was war damit los? Versuchte sie, nur ihm gegenüber unbeeindruckt zu wirken?

„Also, was willst du hier drin machen?"

„Wie du sehen kannst, ist dieser Raum zu klein und dieser hintere Bereich zu groß. Ich brauche einen Empfangsbereich und Untersuchungsräume. Auch ein Büro und ein Archiv. Plus einen Bereich für stationäre Patienten und einen OP. Und ein Medikamentenlager. So ähnlich wie das, was ich in Ranger habe."

„Gute Idee. Wie viele Untersuchungsräume?"

„Mindestens zwei. Und ich möchte, dass der OP

größer ist als der, den ich jetzt habe."

Wie er gehofft hatte, begann sie sich zu entspannen, zog ihre Finger aus den Taschen und begann, ihre Hände zu benutzen, um zu beschreiben, wo und wie sie die Räume haben wollte. Sie bewegte sich durch das Gebäude und hinaus in den hinteren Bereich und erläuterte ihre Vision. Er beschränkte seine Kommentare auf ein Minimum und machte nur gelegentlich Vorschläge.

Als sie endlich fertig war, wirbelte sie zu ihm herum. „Also, das war's. Ich weiß, dass es viel ist, und mein Problem ist, dass alles bis Ende des Monats erledigt sein muss. Mein Käufer für die Klinik in Ranger will am ersten Mai übernehmen. Ich hatte dem zugestimmt, weil mein Bauunternehmer mir versichert hat, dass das machbar sei – aber da war auch noch nicht von einem Angelausflug die Rede gewesen. Jetzt bin ich mir nicht sicher. Was denkst du? Ist es machbar?"

„Ja."

„Ist das etwas, woran du wirklich interessiert sein könntest?", fragte sie mit einer Mischung aus Unsicherheit und Wehmut, die zu einem süßen Ausdruck verschmolzen.

Sein Herz zog sich zusammen, als er sich an einen ähnlichen Ausdruck erinnerte. „Er hatte recht. Es ist machbar", sagte er und bemühte sich, sachlich zu klingen. Hier ging es um Susan. „Angesichts der Menge an Arbeit, könnte es aber schon ein bisschen eng werden. Ich würde den Beginn der Arbeiten nicht mehr lange hinauszögern." Er hatte ihre Frage nicht beantwortet. Wollte er das Projekt angehen?

Sie runzelte die Stirn. „Genau davor habe ich Angst. Und es gibt einfach nicht so viele Bauunternehmer, die hier raus ans Ende der Welt fahren wollen. Das hier ist Rinderland, und es wird nicht viel gebaut."

Cole hatte das Gefühl, dass er das noch lange bereuen würde, aber er konnte sie nicht hängen lassen. Er hatte nicht vorgehabt, auf dem Bau zu arbeiten, während er zu Hause war. Hatte nicht geplant, die vier Wochen zu bleiben, die es dauern würde, diesen Job zu erledigen.

„Ich weiß, dass ich der Letzte bin, mit dem du arbeiten willst." Warum nicht von Anfang an die Karten auf den Tisch legen?

„Ja."

Er grinste; er konnte es nicht verhindern. „An dieser Stelle hätten die meisten Frauen gelogen."

„Was würde das in unserer Situation bringen?", fragte sie. „Sei ehrlich, das ist so ziemlich der letzte Job, den du willst. Für mich arbeiten, während die ganze Stadt nach einem Weg sucht, wie sie dich hier halten kann."

„Ja", antwortete er so unverblümt wie sie. „Aber ich biete dir meine Dienste immer noch an, wenn du das Angebot annehmen willst." Es gab alle möglichen Gründe, warum er auf dem Absatz kehrt machen und die Flucht ergreifen wollte. Doch er konnte ihr helfen. Er könnte sie rechtzeitig in dieses Gebäude bringen und ihre Träume auf den Weg bringen.

Die Erfüllung von Träumen – der Träume anderer Menschen – trieb ihn an. Sein eigener Traum von einem Leben mit Lori – davon, zu sehen, wie Lori ihren Krebs überlebte – hatte er nicht in der Hand gehabt. Doch die Träume anderer … Träume, die durch den Zorn von Mutter Natur zerschmettert worden waren – Gott hatte ihm die Fähigkeit gegeben, sie wiederzubeleben.

Damit hatte er Cole einen Grund gegeben, weiterzumachen. Einen Grund, morgens aufzustehen. Susan wirkte ein wenig nachdenklich und unsicher. Er musste ihr nicht klarmachen, dass die Leute von Mule Hollow anfangen würden, zu versuchen, sie zu verkuppeln, sobald sie zugestimmt hatte.

Sie holte tief Luft und drehte sich langsam um, während ihr Blick durch die Tierklinik ihrer Träume schweifte. Plötzlich wirbelte sie wieder zu ihm herum. „Wann kannst du anfangen?"

KAPITEL SIEBEN

„D̶u bist zurück!", rief Betty am Samstagmorgen aus. Susans Rezeptionistin hielt ihren halb aufgegessenen Donut vor ihrem Mund an, als Susan die Klinik betrat. „Du siehst aus, als wärst du wieder im Land der Lebenden angekommen. Hast du die letzten paar Nächte etwas geschlafen?"

„Ja", sagte Susan und sah zu, wie Betty den Rest des Donuts in ihren Mund stopfte. „Bist du sicher, dass du überhaupt was schmeckst, wenn du den so schnell verschlingst?"

Betty wischte Zucker von ihren Lippen und grinste. „Du solltest auch ein paar essen, bei dem verrückten, anstrengenden Tag, der vor dir liegt. Und ich meine *verrückt.* Ich gebe dir bis Mittag, dann bist du erledigt!"

Susan warf einen Blick auf das Terminbuch. Jeder Termin war belegt und dann mehr an die Ränder gekritzelt. Betty bestand immer noch darauf, einen Papierplan anstelle des Computers zu verwenden, weil sie da die Leute nicht reinquetschen konnte – und sie musste immer irgendwelche Leute reinquetschen.

„Wow, ich sage es dir, Betty. Ich brauche wirklich eine Pause."

„Ich habe dir gesagt, dass du langsamer machen musst. Ich weiß, dass dein Daddy es gut gemeint hat, dich zum Erfolg zu führen, aber er wollte sicher nicht, dass du vor deiner Zeit alt wirst. Und ich weiß, dass deine Mutter das auch nicht gewollt hätte. Keine Mutter würde wollen, dass ihre Tochter so mit der Arbeit beschäftigt ist, dass sie das Leben nicht genießen kann."

Susan sprach nicht viel über ihre Mutter, doch sie hatte mit Betty darüber gesprochen, wie es gewesen war, ohne Mutter aufzuwachsen. Sie und ihr Vater hatten es geschafft, aber das Fehlen ihrer Mutter hatte immer diese Lücke hinterlassen. Susan hatte sich als Kind immer Vorwürfe gemacht, weil ihre Mutter bei ihrer Geburt gestorben war. Doch sie hatte gewusst, dass ihre Mutter sie sehr geliebt hatte.

„Ich weiß, dass du recht hast. Seit Dads Tod habe ich viel darüber nachgedacht."

„Gut. Du musst darüber nachdenken, was sie will, und einen Ehemann finden, der dir Babys schenkt und dir in deiner Klinik hilft."

Susan nickte und hoffte, dass es einen solchen Mann für sie da draußen gab.

„Also, was habe ich über den gutaussehenden Cole Turner gehört? Ich nehme meine drei Tage frei und komme in eine extrem beunruhigende Situation zurück."

„Woher weißt du von Cole?"

„George und ich sind am Donnerstagabend nach Mule Hollow gefahren, um bei Sam's All-you-can-eat-Wels zu essen. Glaub mir, wenn ich sage, dass ich alles darüber weiß, wie du am Steuer eingeschlafen bist und dass der Ritter in glänzender Rüstung dich gerettet hat. Was sie erzählt haben, hätte glatt aus einem dieser Liebesromane kommen können, die ich lese."

Susan zuckte zusammen, weil sie Stadtgespräch war. Wenn man in einer kleinen Stadt lebte, war das ziemlich normal, doch dass sie aus einer Mücke einen Elefanten machten, das war nicht gut. Dieser Realität war sie sich bei Lacy bewusst geworden, als ihr klar geworden war, dass sie jetzt das Ziel der Kupplerinnen war. Und dann hatte sie alles noch schlimmer gemacht, indem sie sich ihren Plänen gefügt hatte.

Die Situation konnte an dieser Front nur noch schlimmer werden, jetzt, wo sie es getan hatte. Da sie dringend Zucker brauchte, nahm sie einen Donut, legte ihn aber wieder hin.

„Glaub nicht alles, was du hörst", sagte sie, nahm den Stapel Post und blätterte ihn durch.

„Also, was ist los? Ich habe gehört, er ist der Bruder, der immer auf Wanderschaft ist. Nicht der Anwalt, obwohl der, wie ich höre, auch überall rumfliegt. Was ist los mit diesen Turner-Männern?" Betty sprach ohne Punkt und Komma und ließ es nicht mit dieser Frage bewenden. „Der Einzige, der weiß, wie man an Ort und Stelle bleibt, ist Seth … Den hättest du dir schnappen sollen", schnaubte sie. „Nicht dich auf den Sozius von Coles Harley setzen. Stimmt es, dass du das getan hast?"

Susan nickte. „Glaub mir, ich wollte ganz sicher nicht mit dem Ding mitfahren."

Die Glucke in Betty kam heraus, als sie ihre Arme verschränkte und Susan streng ansah. „Mit so einem Mann herumzuflirten wird dir nicht dabei helfen, einen Ehemann zu finden. Und genau deshalb ziehst du nach Mule Hollow. Du darfst dich nicht mit jemandem wie diesem Kerl einlassen. Du brauchst einen Cowboy, der bleibt. Keine Harley", schnaubte sie.

„Junge, du bist heute Morgen aufgedreht." Susan fragte sich, wo ihr erster Termin war. Es würde sehr helfen, wenn sie kommen würden und sie zur Arbeit gehen könnte.

„Hey, ich bin voll und ganz dafür, dass du deine

Praxis verlegst, damit du Zeit hast, einen Ehemann zu finden. Und allen Berichten zufolge ist dieser Cole ein guter Mann, aber er ist ein unsteter Vogel. Du brauchst einen Mann, der dir nach Möglichkeit in deiner Praxis hilft. *Jemanden, der für dich da ist.* Du brauchst niemanden, der losfliegt, um die Welt zu retten."

Die Welt retten. War es das, was Cole tat? „Du hast recht. Vollkommen."

„Dann musst du deine Prioritäten richtig setzen. Du hast mehr Probleme beim Daten als jeder andere, den ich je gesehen habe. Ich liebe dich wie eine Tochter, aber wir wissen beide, dass du kein gutes Händchen dabei hast, die richtigen Männer auszuwählen. Es ist Zeit für dich, deinen Kopf zu benutzen und jemanden zu finden, der richtig für dich ist."

Susan wusste, dass sie Fehler gemacht hatte, wenn es um Männer ging – und das bei den wenigen, mit denen sie es versucht hatte. Ihre Beziehungen hielten nie lange, weil ihre Arbeit an erster Stelle stand. Eine Klinik aufzubauen war nicht leicht. Vor allem in einer Männerwelt. Die Männer dachten darum, dass sie dominant war. Dominant! Dieses Wort nagte an ihr. Doch es war die Tatsache, dass sie sich immer Männer aussuchte, die sie nicht als die Frau schätzen konnten, die sie war.

„Ich verliebe mich nicht in den Typen, Betty. Ich

habe ihn nicht gebeten, in die Stadt zurückzukehren. Ich habe ihn auch nicht gebeten, derjenige zu sein, der mich findet, als ich von der Straße abgekommen bin. Doch so ungern ich es zugebe, er war da, und die Situation hätte viel schlimmer sein können. Und wenn es schlimmer gekommen wäre, wäre er jemand gewesen, der nicht gezögert hätte, mir zu helfen."

Betty sah sie betreten an. „Ich weiß, Honey. Ich will nicht behaupten, dass er kein guter Mann ist – meine Güte, schau, was er beruflich macht. Aber er ist einfach nicht der Richtige für dich. Du weißt, dass ich mir Sorgen um dich mache."

„Betty, ich habe das im Griff." Sie warf einen Blick auf die Uhr und wusste, dass sie es bald tun musste, wenn sie ihr von den Neuigkeiten wegen ihres Umbaus erzählen wollte. „Ich muss dir noch was sagen, bevor die Termine anfangen."

„Warum habe ich das Gefühl, dass mir nicht gefallen wird, was du zu sagen hast?"

Susan räusperte sich. „Das glaube ich auch. Aber es war nicht zu ändern, sonst hätte ich es anders gemacht, glaub mir."

Betty kniff ihre grünen Augen zusammen.

Susan schluckte – sie schluckte nie! „Ich habe ihm den Auftrag für den Umbau der Klinik gegeben."

Betty klappte den Terminkalender zu. „Nun, wenn das nicht dem Fass den Boden ausschlägt. Was hast du dir dabei gedacht?"

„Nun, ich habe jemanden gebraucht, und er war frei." Susan ärgerte sich. Was erwartete Betty von ihr?

„Das mag sein. Aber du solltest besser auf der Hut sein,. Das ist alles, was ich dazu zu sagen habe." Sie presste ihren Mund fünf Sekunden lang zusammen. „Und außerdem, wenn du denkst, ich werde lächeln und nett sein, wenn ich weiß, was er vorhat –", sie räusperte sich. „Dann sag Mr. Cole Turner besser, dass er hier nicht vorbeikommen muss, weil ich ihn mir so schnell schnappen und zu dieser Tür rauswerfen werde, dass er glaubt, er wäre unter eine Herde Bullen geraten!"

Was glaubte sie, was Cole vorhatte? Der Mann half ihr einfach in einer schwierigen Situation ... *und jetzt verteidigst du ihn auch noch?*

„Betty, wirklich, du reagierst über." Sie war erleichtert, als sie einen Truck vorfahren sah. „Sieht so aus, als würde der Tag gleich beginnen."

Betty lächelte, als sie ihren Bleistift aufhob und sich auf ihren Stuhl hinter der Rezeption fallen ließ. „Und ist das nicht ein Glück für dich? Ich werde jetzt die Klappe halten."

„Oh, aber ich bin mir sicher, dass es nur für ein paar Minuten sein wird." Susan lachte und ging in ihr Büro, immer noch verwirrt darüber, was Betty glaubte, dass Cole vorhatte.

Hinter ihr war Bettys Murren laut und deutlich. „Darauf kannst du Gift nehmen."

„Also kommt Wyatt in die Stadt oder was?", fragte Cole seinen Bruder, während er die Brötchen aus dem Ofen holte. Er hatte sich ein bisschen Zeit mit Seth und seiner neuen Schwägerin genommen, bevor er losgehen würde, um sein neues Projekt ins Rollen zu bringen – das Projekt, über das er immer noch ein wenig erschrocken war.

„Keine Ahnung", sagte Seth, als er einen Teller mit Würstchen und Speck auf den Tisch stellte, während Melody das Rührei am Herd fertig briet. „Hat er dir nicht gesagt, dass er Mittwoch oder Donnerstag kommen würde?"

„Doch, aber ich glaube es erst, wenn ich ihn sehe."

„Oh, ich hoffe doch", sagte Melody. „Seth, wusstest du, dass er nach Hause kommen sollte?"

Seth nickte ihr zu, und Cole bemerkte die Liebe in den Augen seines Bruders, als er dem Blick seiner Frau begegnete. Cole freute sich wirklich für sie. Sein Herz zog sich immer noch jedes Mal zusammen, wenn er sie sah, doch es war ein gutes Ziehen. Wyatt hatte sich geirrt, als er dachte, dass er sich nicht für sie freuen könnte.

Es war bittersüß, dass es ihn an das erinnerte, was ihm fehlte, ja, doch er war überglücklich für sie. Es war immer noch seltsam, wenn er daran dachte, dass sein großer Bruder sie verkuppelt hatte. Seth fing an, ihre Kaffeetassen wieder aufzufüllen.

„Ihr wisst, wie gerne Wyatt die Show leitet. Für mich hat es sich angehört, als hätte er ein Motiv dafür, dich wieder in der Stadt haben zu wollen, Cole. Irgendwelche Ideen?"

Cole horchte bei der Frage auf. Er würde ihnen nicht sagen, dass Wyatt ihm vorhielt, dass er noch nicht über den Verlust von Lori und ihrem gemeinsamen Happy End hinweg war. „Ich glaube, er wollte, dass ich zu Hause bin, damit ich meine neue Schwägerin besser kennenlernen kann. Ich bin kurz nach der Hochzeit weggegangen… nicht, dass ihr beide das bemerkt hättet."

„Das stimmt", sagte Seth und stellte die Kaffeekanne wieder auf den Herd. „Ich habe kaum bemerkt, dass du gegangen bist. Tut mir leid, Bruder."

„Seth, das ist schrecklich!" Melody blickte

verlegen auf, als Seth ihr einen Kuss auf die Wange gab. „Aber", quietschte sie, „es ist wahr. Ich war so glücklich, Mrs. Seth Turner zu sein, dass ich nur noch an Seth denken konnte. Wir sind aber wirklich froh, dass du nach Hause gekommen bist."

Cole mochte Melody. Sie war süß und freundlich und perfekt für Seth. „Das bin ich auch", sagte er und meinte es auch so. Das war vor einer Woche noch nicht so. Daran dachte er, während er die Brötchen zum Tisch trug. Was hatte sich verändert?

Er hatte so hart gearbeitet, um vor der Vergangenheit wegzulaufen, was seine Brüder wussten, doch Cole freute sich für Seth und Melody. Es war etwas Kostbares – das Glück, das er in ihren Augen sah.

„Also", sagte Seth, nachdem das Essen aufgetischt war und sie angefangen hatten zu essen, „ich bin immer noch überrascht, dass du Susans Umbau übernommen hast. Aber es ist eine gute Sache."

„Ich weiß, dass sie es zu schätzen wissen wird", sagte Melody. „Sie ist überarbeitet. Wir waren alle so glücklich, dass sie sich dafür entschieden hat, besonders nachdem sie am Steuer eingeschlafen war."

„Stures Weib", brummte er, bevor er in sein Brötchen biss.

„Das ist sie", sagte Seth. „Aber gut wie Gold und motiviert. Sie hat mir einmal erzählt, dass sie so erfolgreich ist, weil ihr Vater sie dazu erzogen hat, auf eigenen Beinen zu stehen. Sie hat nicht viel darüber gesagt, doch sein Tod hat sie hart getroffen."

Cole ließ das auf sich wirken. Sie hatte jemanden verloren, den sie liebte. „Sie ist hart im Nehmen, das ist sicher. Ich kann sehen, dass sie von einem Mann großgezogen worden ist. Was ist mit ihrer Mutter?" Okay, dann war er eben neugierig.

„Susan spricht nicht über sie. Aber einmal hat sie erwähnt, dass sie sich nicht an sie erinnert." Melody seufzte. „Ich hoffe, sie findet einen guten Mann. Jemanden, der sie so liebt, wie sie es verdient, und der die Löcher füllt, von denen ich glaube, dass sie sie mit ihrer Arbeit zu stopfen versucht … Das habe ich früher auch gemacht", sagte sie und griff nach Seths Hand. „Und dann habe ich dich kennengelernt."

Cole trank einen Schluck Kaffee und versuchte, die Gefühle zu ignorieren, die diese Worte in ihm auslösten.

Es schien, als hätten er und Susan mehr als nur ein paar Dinge gemeinsam.

KAPITEL ACHT

Die Sonne stand hoch am Nachmittagshimmel, als Cole aus seinem Truck stieg und in die Klinik ging. Aus den Viehställen auf der Rückseite des Gebäudes hörte er das leise Brüllen einiger Rinder und aus dem Inneren der Klinik das aufgeregte Bellen von Hunden.

Er öffnete die Tür – er hatte nach dem, was sie ihm gesagt hatte, erwartet, dass es voll sein würde ... doch mit einem derartigen Chaos hatte er nicht gerechnet!

„Halten Sie den Hund zurück ...", zeterte eine kleine Frau hinter dem Tresen, während sie mit einer Zeitschrift einem riesigen, zotteligen Hund drohte. Die Besitzerin des Tieres bemühte sich, die Leine zu halten, während eine andere Frau hinter der wütenden Frau versuchte, eine fauchende Katze aus einem Regal zu locken.

Das Bellen des Hundes war laut wie das Echo einer Kanone, als Cole die Tür hinter sich schloss. Cole hatte im Leben einige schlechte Entscheidungen getroffen, doch in diesem Moment musste es ganz oben auf der Liste stehen, sich in dieses Getümmel zu stürzen. Die verängstigte Katze sprang mit ausgefahrenen Krallen auf ihn zu und landete Cole mitten auf der Brust – kein gutes Gefühl.

„Halten Sie ihn!", schrien alle Frauen – als müsste er eine Katze festhalten, die ihn als Kratzbaum benutzte. Zum Glück war der rote kleine Tiger in einem Moment an seine Brust gekrallt und im nächsten schon am Boden und unter einem Zeitschriftentisch.

Der überreizte Hund wirbelte herum. Zeitschriften flogen in alle Richtungen, als der Hund wie ein Linebacker auf den kleinen braunen Tisch hechtete.

Cole hatte sich nicht bewegt, zu verblüfft von der Szene, in die er geraten war. Das war verrückt, dachte er und stürzte sich auf die Leine, um die Katze zu retten.

Doch bevor er der in die Enge getriebenen Katze helfen konnte, übernahm sie das Kommando, ging auf die Hinterbeine und schlug dem Hund mit einem furchteinflößenden Zischen auf die Nase. Drei andere Frauen mit weit aufgerissenen Augen drückten sich an ihre Stuhllehnen und hielten ihre zitternden Hündchen fest, als der Kampf zu eskalieren drohte.

Cole eilte durch den Raum, schnappte sich die Leine und riss den Hund zurück, gerade als die Katze, die die Nase voll davon hatte, gejagt zu werden, auf ihn losstürzte …

Coles Timing hätte nicht schlechter sein können.

Er stand mitten in der Flugbahn der Katze, als sie über den Hund hinwegschoss. Cole wurde zum zweiten Mal innerhalb einer Minute zu einem menschlichen Kratzbaum, als Susan aus dem Nichts auftauchte und ein Laken über die Katze warf.

Erschrocken ließ die verängstigte Katze seinen Arm los, und Cole sah erstaunt zu, wie Susan mit dem eingewickelten Tier in einem anderen Raum verschwand.

Um ihn herum wurde es still. Alle – einschließlich des Hundes an seiner Seite – schienen die Luft anzuhalten.

„Ich weiß nicht, wer Sie sind", sagte die kleine Frau und brach das Schweigen. „Aber, oh Junge, bin ich froh, Sie zu sehen."

„Ich bin mir nicht sicher, ob ich froh bin, hier zu sein", bemerkte er, als Susan zurück ins Wartezimmer kam – ohne die Katze.

„Betty, bitte bring Sampson in den Untersuchungsraum zwei. Du", bellte sie Cole zu. „Komm mit, du blutest."

Er war noch nie in seinem ganzen Leben glücklicher gewesen, herumkommandiert zu werden.

Gern übergab er Betty die Leine und folgte Susan dann in den Untersuchungsraum.

Oh, ja, er blutete wirklich. Die Flecken sickerten durch sein Hemd.

„Was war das denn?", fragte er, als sie ihn auf die Kante des Untersuchungstisches schob.

„Ich bin mir nicht ganz sicher. Sampson ist nur ein großer Welpe und normalerweise lammfromm. Aber ich hatte ihn gerade geimpft, und er war ein bisschen gestresst, schätze ich …" Sie hörte auf zu sprechen und starrte entsetzt auf Coles Arm. „Es tut mir so leid, dass du dazwischen geraten bist."

„Schon okay." Er wollte nicht, dass sie sich noch schlechter fühlte.

Sie schüttelte den Kopf und griff nach seinem zerrissenen Hemdsärmel. Als sie ihn schnell hochrollte, legte sie einen nicht so schönen Anblick frei. „Ich werde nicht einmal fragen, ob es wehtut – ich weiß genau, wie sich das anfühlt." Sie beugte sich vor und strich mit den Fingern über seinen Arm. „Sieht zum Glück nicht so aus, als müsstest du genäht werden." Sie sah auf und begegnete seinem Blick.

„Ich bin mir sicher, dass du in deinem Job schon oft angegriffen worden bist", sagte er und spürte keinen

Schmerz, nur ihre sanfte Berührung.

Sie sah ihn mit ihren blauen Augen an, und für einen Moment war er darin verloren.

Plötzlich wich sie zurück, wirbelte herum und begann, sich am Waschbecken die Hände zu waschen, als hätte sie bemerkt, dass sie vergessen hatte, sie zu desinfizieren, bevor sie ihn berührt hatte.

„Das ist Berufsrisiko", sagte sie. „Ich scheine dich ständig in all meine beruflichen Risiken hineinzuziehen."

„Das ist wahr. Vielleicht sollten wir aufhören, uns auf diese Weise zu treffen."

Sie lächelte, doch es war eher eine Grimasse als alles andere. „Da hast du recht. Von diesem Tag an gibt es keine Pannen mehr. Meinerseits oder deinerseits."

Er grinste sie an, als sie begann, die Wunden zu reinigen.

„Hast du oft so ein Chaos im Wartezimmer?"

Sie schüttelte den Kopf. „Betty sieht normalerweise mögliche Katastrophen voraus, bevor sie passieren. Sie trennt die Kandidaten, indem sie einen in ein Behandlungszimmer schickt. Aber heute …" Sie runzelte die Stirn. „War ihr Timing falsch."

Vielleicht nicht, dachte Cole und sah ihr bei der Arbeit zu. Sonst hätte er das Gefühl ihrer Berührung verpasst, als sie die Wunden behutsam mit einem

Antiseptikum bestrich. So verrückt es auch klingen mochte, das Brennen des Desinfektionsmittels war noch nie so willkommen gewesen. Ihr blondes Haar war wie üblich zu einem Pferdeschwanz gebunden und fiel ihr bei der Arbeit über die Schulter. Sie sah ihn ernst an.

„Das könnte sich entzünden."

„Ich arbeite in Katastrophengebieten, Doc. Das wird schon. Ich bin nicht zum ersten Mal von einem verängstigten Tier angegriffen worden."

„Wirklich?" Ihre Augen weiteten sich. „Das hätte ich nicht gedacht."

Er zuckte mit den Schultern. „Ich habe so ziemlich mit jedem möglichen und unmöglichen Haustier zu tun gehabt."

Sie legte eine sterile Kompresse auf die Kratzer und fing an, den Arm mit einer Mullbinde einzuwickeln. „Hast du letzte Nacht geschlafen?", fragte er.

Sie trat von ihm weg. „Ja, habe ich. Jetzt schon zwei Nächte hintereinander. Das war wunderbar. Aber vielleicht habe ich heute Abend nicht so viel Glück."

„Hoffen wir, dass die nächtlichen Notrufe ausbleiben, bis ich mit deiner Klinik fertig bin. Apropos. Ich bin vorbeigekommen, um dir zu sagen, dass ich genug Rigipsplatten und anderes Material eingekauft habe, um heute Abend loszulegen. Wenn ich heute Nachmittag nach Mule Hollow zurückkomme, sollten die Abbrucharbeiten abgeschlossen sein."

„Du machst Witze?"

„Hey, schau nicht so erschrocken. Ich habe dir gesagt, dass ich weiß, was ich tue."

„Ja, ich weiß. Ich glaube, ich hatte nicht damit gerechnet, dass du gleich am nächsten Morgen loslegen würdest."

„Warum nicht?"

„Wo hast du so schnell Hilfe gefunden?"

Er überraschte sie gerne. Ihm wurde bewusst, dass es ihm gefiel, das Licht zu sehen, das es in ihre Augen brachte. Und die Spur von Röte, die es auf ihre Wangen zauberte. „Was das angeht", sagte er gedehnt, „es ist praktisch, wenn man auf der Ranch schon Helfer greifbar hat. Cowboys gehören zu den besten Allroundern, die man finden kann."

Sie verschränkte die Arme und lehnte ihre Hüfte gegen die Theke. „Ja, das sind sie. Aber ich habe trotzdem nicht erwartet, dass jemand die Zeit hat."

„Seth hat dabei geholfen, indem er ihnen Zeit gegeben hat. Er kommt für ein paar Tage ohne sie aus." Er musste ihr nicht sagen, dass es keine ideale Zeit war, Helfer auszuleihen. Susan kannte das Geschäft. „Die ganze Stadt will, dass ihr Lieblingsarzt sicher ist."

Er rechnete halb damit, dass sie bei der bloßen Andeutung, dass sie vielleicht in irgendeiner Form von

Gefahr sei, die Zügel anziehen würde. Sie tat es jedoch nicht – und das musste daran gelegen haben, dass er verletzt war.

„Ich kann auch helfen. Du siehst aus, als würde dich das schockieren."

„Ich bin eher überrascht, dass du mir nicht den Kopf abgerissen hast, weil ich angedeutet habe, dass die Fahrerei und die Arbeit vielleicht zu viel für dich sind."

Sie lächelte. Ihre Lippen verzogen sich gerade so weit, dass es entschuldigend aussah. „Apropos Arbeit. Es tut mir wirklich leid, dass dir das passiert ist, aber ich muss weitermachen, bevor ich so weit hinterherhinke, dass wir im Wartezimmer alle möglichen animalischen Kleinkriege erleben. Bist du sicher, dass es dir gut geht?"

„Ich bin so gut wie neu, Doc." Er hüpfte vom Untersuchungstisch und rollte seinen zerrissenen Ärmel herunter. „Das da draußen macht mir allerdings Sorgen." Er nickte in Richtung Tür und lächelte. „Wer weiß, was mich auf der anderen Seite dieser Tür erwartet."

„Oh, ich verspreche, ich bringe dich hier raus, ohne dass du noch mehr Schaden nimmst. Halt dich einfach an mich", feixte sie und ging voraus.

„Ich denke, mit dir an der Spitze stehen meine Chancen gut. Aber hey, eins hätte ich fast vergessen. Ich bin vorbeigekommen, um nach einigen Wandplatzierungen zu fragen." Sie lehnte sich gegen die Tür und hörte zu, als er schnell ein paar kleinere Änderungen gegenüber dem erklärte, was sie am Tag zuvor besprochen hatten. Als er hörte, dass ihr seine Idee gefiel, war er zufrieden, weil er wusste, dass sie eine Verbesserung zu schätzen wusste und als solche erkannte.

Sie machte sich daran, die Tür zu öffnen. Er berührte ihren Arm und zog ihre Aufmerksamkeit auf sich. „Was denkst du, wann du rauskommst?"

„Ähm." Sie runzelte die Stirn. „Es wird heute Abend nach der Arbeit sein, wenn ich alle da draußen versorgt habe – was ich schaffen werde, wenn der Rest des Tages ohne Zwischenfälle verläuft."

„Dann werde ich da sein. Wenn ich dich aus irgendeinem Grund verpasse, zum Beispiel, weil Seth mich auf der Ranch braucht oder so, dann ruf diese Nummer an, und ich komme hin." Er zog seinen Geldbeutel aus der Gesäßtasche und holte eine Visitenkarte heraus. „Hoffentlich haben wir beide einen ruhigen Nachmittag."

Sie öffnete die Tür, und er trat in das Wartezimmer, das wieder in einem perfekten Zustand war. Die kleine Frau eilte um den Tresen herum.

„Nochmals vielen Dank, dass Sie den Tag gerettet

haben. Dieses Pferd von einem Hund war ganz neben der Kappe, nachdem Susan ihn geimpft hat. Ich bin übrigens Betty."

Cole nahm die Hand, die sie ihm anbot, und schüttelte sie. „Freut mich, Sie kennenzulernen, Betty. Ich bin Cole Turner." Kaum hatte er den Namen ausgesprochen, verspannte sich Bettys Mund, und ihre Augen glitzerten.

Sie warf Susan einen seltsamen Blick zu, von dem er sicher war, dass er eine verschlüsselte Botschaft enthielt.

Er zog eine Augenbraue hoch und lächelte schief. „Stimmt was nicht?"

„Oh ja, Buster Brown. Haben Sie vor, wieder loszuziehen, wenn sie mit der Klinik fertig sind?"

„Betty!"

Cole hörte die Warnung nicht nur in Susans Tonfall, sondern sah sie auch in ihren Augen. Was war hier los? Es war klar, dass Betty nicht glücklich mit ihm war.

„Höchstwahrscheinlich. Stimmt was nicht?"

„Nein. Alles ist gut." Susan funkelte ihre Rezeptionistin an.

„Ist es nicht", schnaubte Betty.

Cole schmunzelte. Die kleine Betty war wie eine Glucke, die ihr Küken beschützte. Was war los mit ihr?

Glaubte sie, er wäre hier, um – „Jemand muss die Karten auf den Tisch legen. Er muss wissen, dass ich ihn nicht tolerieren werde …"

„Betty, bitte. Wir haben Patienten", sagte Susan leise, als sie Betty an den Schultern nahm und sie zu einem der Untersuchungsräume drängte. „Du musst gehen und nach der Katze sehen und dich vergewissern, dass sie sich nach dem Schrecken beruhigt hat."

„Das hat sie, aber –"

„Geh, Betty. Ich meine, was ich gesagt habe." Susan öffnete die Tür und stieß Betty praktisch hindurch. Bevor sie verschwand, warf Betty ihm einen weiteren finsteren Blick zu, der besagte, dass diese Unterhaltung nicht zu Ende war.

Susan drehte sich um und lehnte sich gegen die geschlossene Tür. „Tut mir leid. Betty neigt dazu, sich zu schnell aufzuregen."

„Was du nicht sagst? Was hat sie gemeint –" Susan wurde rot … Rosarot. Nicht die roten Wangen, wie er sie zuvor gesehen hatte, sondern ein kompletter Farbwechsel vom Haaransatz bis zum Halsausschnitt. Und dann begriff er. „Ohhhh, sie denkt …"

„Ich muss wirklich wieder an die Arbeit." Susan warf einen verlegenen Blick in das überfüllte Wartezimmer und auf die Frauen, die sich alle auf ihren Plätzen nach vorn gebeugt zu haben schienen. Cole lachte, da er wusste, dass Susan versuchte, ein Feuer zu löschen, das bereits außer Kontrolle geraten war.

Sie waren definitiv das Gesprächsthema der Stadt – oder der Städte, da sie in Ranger waren und er keinen Zweifel daran hatte, dass in Mule Hollow die gleichen Spekulationen kursierten.

Er lächelte sie an, und sie nahm es nicht gut auf. Oh nein, sie legte eine Hand an seinen gesunden Arm, riss die Haustür auf und schob ihn nach draußen.

„Wir sehen uns heute Abend", zischte sie und schlug dann die Tür vor seiner Nase zu.

Cole musste lachen. Kleinstadtleben … er schmunzelte den halben Weg nach Hause, als er an den entsetzten Ausdruck auf Susans Gesicht dachte. Eines war sicher, und das war, dass Susan das Kleinstadtleben im Moment nicht genoss.

KAPITEL NEUN

„Wow!", rief Susan, als sie an diesem Abend gegen sieben durch die Tür trat.

Cole drückte den Abzug der Nagelpistole und schoss den letzten Nagel in die Wand, an der er gerade gearbeitet hatte. „Sieht schon anders aus, nicht wahr?"

Er musterte sie, da er sich gefragt hatte, wie sie sich bei ihrer Ankunft verhalten würde. Sie hatte sich, wie es schien, beruhigt, da kein Rot in Sicht war. Er vermisste es sofort.

„Machst du dich lustig über mich? Das ist unglaublich. Du bist praktisch schon soweit, die Gipskartonplatten zu installieren." Sie war sichtlich erstaunt. „Wie schnell arbeitest du?"

Unbeeindruckt betrachtete er den Fortschritt. „Das ist keine große Sache. Weißt du, wie einfach es ist, Sachen herauszureißen, wenn zwei Männer

Vorschlaghämmer und Fuchsschwänze haben? Als ich in die Stadt zurückgekommen bin, hatten die Jungs schon alles aufgeräumt und gefegt. Alles, was ich tun musste, war, die Profile zu schneiden und einzubauen. Ganz einfach."

„Für dich vielleicht. Ich hätte nicht gewusst, wo ich anfangen soll."

„Und ich bin mir ziemlich sicher, dass es deinen Patienten lieber ist, dass du weißt, wie man einen Knochen einrenkt, als wie man Gipskartonprofile setzt oder einen Fuchsschwanz benutzt. Sampson hätte uns alle gefressen, wenn ich derjenige gewesen wäre, der ihm eine Spritze gegeben hätte." Er hielt die Nagelpistole hoch und tat so, als wäre es eine Nadel.

Susan lachte. „Du hast recht. Bitte erinnere mich nicht daran. Wie geht es deinem Arm?"

Er zuckte mit den Schultern. „Ich werd's überleben."

Er wollte fragen, wie es Betty ging, kam aber zu dem Schluss, dass sie das Thema nicht lustig finden würde. Er hatte darüber nachgedacht, wie rot sie geworden war, nachdem sie Betty ins Untersuchungszimmer geschoben hatte. Eine Antikupplerin … Kluge Frau, diese Betty.

Trotzdem hatte er den ganzen Nachmittag hin und wieder an Susan gedacht. Dieses Erröten zeigte die sanftere Seite der Tierärztin. Er fragte sich, ob sie diese Seite von sich jemals jemandem freiwillig gezeigt hatte.

„Willst du helfen?", fragte er und beschloss, sich von dem Thema fernzuhalten, da er wusste, dass es ihr peinlich war. Immerhin hatte sie ihn danach rausgeworfen. Er unterdrückte ein Grinsen. „Ich meine, das musst du nicht. Ich habe alles im Griff. Aber wann immer du ein bisschen über das Baugeschäft lernen willst, lass es mich einfach wissen. Ich bin dein Mann dafür." Er neckte sie, doch sie sträubte sich.

„Ich glaube nicht, dass das nötig sein wird", sagte sie steif. „Ich habe viel um die Ohren." Auf keinen Fall würde sie ihm helfen.

„Susan, entspann dich. Das war nur ein Witz. Ich erwarte nicht wirklich, dass du die Feinheiten des Handwerks lernst."

„Natürlich. Ich wusste das. Ich – nun, es war ein hektischer Tag, und ich bin immer noch ein bisschen aufgedreht", sagte sie mit einem verlegenen Lachen. „Ich weiß tatsächlich, wie man einen Hammer benutzt. Dafür hat mein Vater gesorgt."

„Das ist gut", sagte er und genoss es, sie zu beobachten. Die Tatsache, dass sie allein in einem großen Raum waren, der plötzlich um sie herum zu schrumpfen schien, erregte seine Aufmerksamkeit.

Sie wandte den Blick ab, und ihm fiel auf, dass sie

sich schon lange anstarrten. Er stampfte auf den Beton
– zurück an die Arbeit.

„Lass mich dir zeigen, was morgen passieren
wird." Er nahm die Pläne und rollte sie auf der
Sperrholzplatte aus, die über zwei Sägeböcke gelegt
war. „Du kannst jetzt noch alles ändern, was dir nicht
gefällt, aber wenn du willst, dass wir schnell fertig
werden, würde ich nichts mehr ändern, wenn ich schon
daran arbeite."

Sie stellte sich neben ihn und betrachtete den Plan.
Er konnte nicht anders, als tief einzuatmen – sie hatte
offensichtlich geduscht, bevor sie in die Stadt gefahren
war, und sie roch nach Seife; es war so anziehend wie
die frische saubere Luft eines Frühlingsmorgens. Nichts
Blumiges oder zu Süßes für Susan; dieser Duft passte
zu ihr. Er zwang seine Aufmerksamkeit auf die Pläne
und wünschte, sie würde nach Hunden, Pferden und
Desinfektionsmitteln riechen … das Problem war nur,
dass er nicht glaubte, dass selbst das seine
Aufmerksamkeit von ihr ablenken würde.

„Das sind die Wände und die Änderungen, die wir
heute Morgen besprochen haben." Er zog den Bleistift
hinter seinem Ohr hervor und zeigte auf die Linien, die
er in die Pläne eingezeichnet hatte. „An diesen vier
Wänden habe ich noch ein paar Steckdosen für dich
eingeplant. Davon hat man nie genug."

„Oh, da hast du recht."

Sie beugte sich vor und betrachtete den Plan. Als sie ihr offenes Haar hinter ihr Ohr strich, zeigte sie ihm ihr Profil. Auch hier hatte Susan Worth nichts, was dem alten Doc Crampton ähnelte – dem schrulligen alten Mann, der, solange Cole sich erinnern konnte, der Tierarzt in dieser Gegend war. Als Kind hatte Cole gedacht, Doc Crampton sei hundert Jahre alt. Doch der Doc war erst vor ein paar Jahren in den Ruhestand gegangen ... Nein, Susan sah nicht aus wie die Tierärzte, die er gewohnt war. Und es gefiel ihm – wenn er in Mule Hollow leben würde, wäre er tatsächlich versucht, Notfälle zu fabrizieren, damit sie so oft wie möglich auf die Ranch kam.

„Es sieht genauso aus wie das, was ich versucht habe, dir zu beschreiben", sagte sie. Als sie ihm ihren Kopf zuwandte, erwischte sie ihn beim Starren. „Das gefällt mir."

Sie gefiel ihm. Die Erkenntnis traf ihn wie ein Windstoß mit hundert Meilen pro Stunde. Als würde sie dieselbe Explosion spüren, atmete Susan scharf ein, nickte ihm zu und trat zurück.

Hier gab es offensichtlich Chemie.

Deutliche Anziehung ... und er genoss es. Er grinste bei dem Gedanken. Susan allerdings nicht. Oh nein, die Tierärztin kniff die Augen zusammen, sodass er am liebsten noch breiter grinsen wollte. Er tat es nicht.

„Ich denke, du hast alles unter Kontrolle", sagte sie. „Dann lasse ich dich in Ruhe, damit du zu einer halbwegs normalen Zeit nach Hause kommst." Sie warf einen Blick auf ihre Uhr, als wollte sie ihre Worte unterstreichen.

„Klingt gut", sagte Cole. Er ließ seinen Bleistift auf die Pläne fallen und nahm seinen Werkzeuggürtel ab, wobei er immer noch ihren Blick festhielt, als sie zur Tür zurückging. „Das ist ein ziemlich guter Zeitpunkt, um für heute Schluss zu machen."

„Oh. Okay", sagte sie, drehte sich um und ging schnell zur Tür hinaus.

Rannte war eine bessere Beschreibung angesichts des Tempos, mit dem sie flog. Er folgte ihr, blieb jedoch stehen, um die Tür hinter sich zuzuziehen und abzuschließen. „Ich dachte, ich gehe zu Sam, was essen. Willst du mitkommen?"

Sie hielt inne, ihre Hand auf dem Türgriff ihres Trucks. „Ich glaube nicht, dass das eine gute Idee wäre."

„Warum das?", fragte er. Er hatte erwartet, dass sie ablehnen würde, doch er hatte nicht erwartet, dass es so enttäuschend sein würde. „Du musst essen. Ich muss essen", sagte er und kam sich ein bisschen verrückt dabei vor, sie zu drängen.

Noch verrückter war ihr Zögern. „Das ist wahr …
aber ich denke nur, dass du und ich zusammen im Diner
keine gute Kombination ist. Das …" Sie deutete mit der
Hand auf die Klinik, „das ist eine Arbeitsbeziehung.
Nicht mehr."

Er hielt seine Miene neutral, obwohl er bei ihrem
Tonfall am liebsten eine Augenbraue hochgezogen
hätte. Er hatte ihre Botschaft laut und deutlich
verstanden. Eine Botschaft, die er ehrlich gesagt ein
wenig beleidigend fand.

„Tut mir leid, wenn ich eine Grenze überschritten
habe. Schönen Abend, Boss."

Er stapfte zu seinem Truck. Klar, es war eine
Geschäftsbeziehung. Es war nicht so, dass er derjenige
war, der versuchte, jemanden zu verkuppeln. Er war
nicht einmal wirklich interessiert. Sicher, da war
Chemie – deutlich sogar. Na und? Er wickelte dieses
Projekt ab und würde sich dann wieder auf den Weg
machen. Betty und sie mussten sich nicht ins Hemd
machen, weil sie dachten, er könnte an den Unsinn
glauben, den die Stadt wollte.

Er stieg in seinen Truck. Susan bewegte sich nicht.
Sie funkelte ihn von derselben Stelle an, an der sie
gestanden hatte, als er gegangen war. Oh, sie war
wütend auf ihn, weil er weggegangen war. Er hatte
getan, was sie wollte, und jetzt sah sie beleidigt aus. Er

tippte sich an seine Baseballkappe, dann drehte er den Schlüssel um und ließ den Motor aufheulen wie ein Sechzehnjähriger.

Was für ein schrecklicher Tag! Oder eher eine schreckliche Woche. Sie sah zu, wie Coles Truck am Ende der Straße verschwand, und zweifelte – wie schon seit sie ihn eingestellt hatte – an ihrem Geisteszustand.

Betty hatte mit ihrer Sorge recht behalten. Susan war sich nicht sicher, wie ihre Empfangsdame Susans Anziehung zwischen ihr und Cole und die damit verbundenen Probleme gespürt hatte, doch offensichtlich war sie sich dessen bewusst gewesen … noch bevor Susan an diesem Morgen in einen Donut gebissen hatte.

Nicht, dass jemand Susan hätte sagen müssen, dass sie mit einem schmerzenden Herzen allein zurückbleiben würde, wenn sie sich auf diese Gefühle einlassen würde.

Gefühle. Das war etwas, das kontrolliert werden musste. Ihr Vater hatte ihr beigebracht zu arbeiten, ihre Ziele zu erreichen und sich diesen Zielen nicht von Gefühlen in die Quere kommen zu lassen. Besonders Gefühlen für Jungs. Als sie älter wurde, war ihr klar geworden, dass ein Teil davon darauf zurückzuführen war, dass er ihr den Schmerz ersparen wollte, jemanden zu verlieren, den sie liebte ... doch sie hatte nach seinem Tod gelernt, dass dieser Schmerz unvermeidlich war. Trotzdem hatte sie bis zum College kaum gedatet. Sie hatte so hart gearbeitet, um ihren Daddy stolz zu machen. Er war nicht da gewesen, um sie zu ermahnen, doch die Erinnerung an ihn hatte ihr damals wie heute den Ansporn gegeben, den sie brauchte.

Sie blinzelte gegen die Emotionen an, die aufwallten und plötzlich überzulaufen drohten. Sie schniefte und wischte sich eine Träne von der Wange. Sie weinte nicht viel. Was brachte das? Und wegen Cole Turner würde sie sicher nicht weinen.

Sie fuhr sich mit den Fingern über die Wange und fing eine einzelne Träne auf, als sie auf ihre neue Klinik starrte. Sie sollte glücklich sein. Das war ein großartiger Tag. Ein Wendepunkt in ihrem Leben. Sie war seit dem Tod ihres Vaters allein. Doch das würde sich ändern. Sie musste einfach aufhören, an Cole zu denken.

Und sie dachte an ihn. Seit sie ihn beauftragt hatte, hatte sie sich Sorgen gemacht, einen großen Fehler gemacht zu haben. Heute hatte sich das in allen Punkten bestätigt. Zwischen ihnen herrschte eine Chemie, die sie nicht hatte leugnen können, als sie sich um die Kratzer gekümmert hatte, die die Katze ihm zugefügt hatte. Jedes Mal, wenn sie seinen Arm berührt hatte. Gefühle.

Es waren nur Gefühle. Sie befolgte – wie immer – den Rat ihres Vaters und wusste, dass sie sich nicht von ihren Gefühlen dahin leiten lassen durfte, wenn es um Cole ging. Sie suchte einen Cowboy für immer. Einen Cowboy, der für sie da sein und ihr in ihrer Praxis helfen würde. Jemanden, der denken würde, dass sie es wert war, geliebt zu werden und dass man für sie dablieb … ein Mann, der nicht nur für sie da war, sondern auch für seine Kinder.

Nein. Susan zog nach Mule Hollow, um einen Cowboy zu finden, den sie lieben konnte … nicht einen, der sein Leben als Wandervogel liebte.

Cole trat auf die Veranda des Postkutschenhauses hinaus. Die Nachtluft war kühl und duftete nach Geißblatt. Er atmete tief durch, in der Hoffnung, dass es seinen ruhelosen Geist beruhigen würde. Aufgewühlte Gedanken hatten ihn schließlich aus dem Bett und hinaus in die Nacht getrieben.

Er hatte sich Jeans und Stiefel angezogen und beschlossen, die frische Luft der mondhellen Nacht zu genießen, um zu sehen, ob es ihm helfen würde.

Er hatte schon seit einiger Zeit keine schlaflosen Nächte mehr wegen Lori gehabt. Sechs Jahre waren eine lange Zeit. Er vermisste sie und bedauerte jeden Tag des

Lebens, das sie nicht haben durften, doch im zweiten Jahr war er nicht mehr deswegen aufgewacht. Es war einfach passiert, als hätte sein Unterbewusstsein akzeptiert, dass manche Dinge nicht zu ändern waren. Er musste es auch akzeptieren.

In seinem Job durfte er dabei helfen, verlorene Träume wiederaufzubauen.

Das war eine sehr befriedigende Aufgabe.

Es machte ihm Spaß, und es half, seine Unzufriedenheit zu lindern. Heute Nacht war er mit Gedanken an Susan aufgewacht, und diese Unzufriedenheit in ihm hatte sich verzehnfacht.

Er kannte sie nicht wirklich. Alles, was er über sie wusste, war, dass sie eine harte Arbeiterin war, stur und angesehen in ihrer Gemeinde. Sie war auch schön, doch er war seit Lori mit vielen schönen Frauen zusammen gewesen, und keine von ihnen hatte die Mauer überwunden, die er um sich herum errichtet hatte.

„Du willst auch nicht, dass Susan das tut", erinnerte er sich.

Er würde zurück an die Küste fahren, sobald er dieses Projekt für sie erledigt hatte. Und wenn er dort seine Arbeit erledigt hatte, würde er weiter in die nächste Stadt ziehen, die einer Naturkatastrophe zum Opfer gefallen war.

Er hatte Susans Projekt nur angenommen, weil sie

ihn brauchte – derselbe Grund, aus dem er alle seine Projekte übernahm. Er hatte die Fähigkeit, mit seinen Händen jemandes Probleme zu lösen. Es war etwas, wozu er sich getrieben fühlte. Es war etwas, das er nicht aufgeben würde.

Er war schon immer gerne gereist. Er hatte davon geträumt, die Welt mit den Augen eines Cowboys zu sehen ... es war sein Traum gewesen. Doch Träume änderten sich. Seine hatten sich verändert, als er Lori kennengelernt hatte.

Ihr süßes Gesicht schwebte in seiner Erinnerung wie die zarte Blume einer Frau, die sie gewesen war. Er verdrängte die Gedanken an sie und konzentrierte sich auf das Geräusch seiner Schritte, als er über den gepflasterten Weg ging. Er führte zu der alten Steinmauer auf der Rückseite des Postkutschenhauses. Er brauchte die Ablenkung und ließ seine Gedanken schweifen. Die Steinmauer war wahrscheinlich zur gleichen Zeit gebaut worden, wie das Haus selbst. Der Kamin an der Seite des Hauses war aus demselben Stein, also war das ein guter Indikator. Ihm gefiel auch, dass die niedrige Mauer mit dem Eisentor im frühen 19. Jahrhundert gebaut worden war. Er liebte die Familiengeschichte dieses Ortes und die anhaltende Kraft, die er verkörperte. Die Angeln quietschten, als er das Tor öffnete, doch das Geräusch ging fast im

Rauschen des Flusses unter. Das Mondlicht funkelte auf den sechsundzwanzig Steinstufen, die hinunter zum felsigen Flussufer führten. Es war ein großartiger Ort zum Nachdenken. In seiner Kindheit war er oft hierhergekommen.

Meistens war er hierhergekommen, um davon zu träumen, die Welt zu sehen – hier wegzugehen.

Heute Abend kam er, weil ihm eine große Blondine nicht aus dem Kopf ging. Susan war in seine Träume eingedrungen, und die Gedanken an sie ließen sich nicht verdrängen.

Er steckte seine Hände in die Hosentaschen und wünschte sich, seine aufgewühlten Gedanken ließen sich genauso leicht wegstecken. Doch dem war nicht so.

Susan hatte Träume. Sie hatte hart dafür gearbeitet, und soweit er das beurteilen konnte, wusste sie nicht, wann sie nein sagen sollte. Sie hatte kein Gleichgewicht in ihrem Leben. Zu ihrem eigenen Wohl brauchte sie Gleichgewicht.

Da könnte er helfen. Er war zur richtigen Zeit nach Hause gekommen, um ihr zu helfen. Wenn er mit ihrer Klinik fertig war, würde das Leben dort ihr helfen, sicherer und hoffentlich ausgeruhter zu sein. Andererseits, wenn sie in die Stadt ziehen würde, um einen Ehemann zu finden, würde das bedeuten, dass sie anfangen würde, mit Männern auszugehen. Und die

Dates könnten mehr Zeit in Anspruch nehmen als die Fahrerei zwischen Mule Hollow und Ranger.

Ohne es zu wollen stieß ihm der Gedanke sauer auf. Er verlagerte sein Gewicht von einem Stiefel auf den anderen und runzelte die Stirn. Die Tierärztin hatte vielleicht vor zu daten, doch sie hielt ihre Beziehung auf geschäftlicher Ebene. Er fuhr sich mit beiden Händen durchs Haar, während er in den Himmel starrte.

Knochentiefe Einsamkeit breitete sich in ihm aus. Er hatte die Einsamkeit im Laufe der Jahre bewältigt, indem er seine Energie auf seine Arbeit konzentrierte. So war alles in Ordnung gewesen. Die Gedanken an Lori hatten jeden Wunsch verscheucht, weibliche Gesellschaft zu suchen. Er war jung – seine Freunde hatten nicht verstehen können, wie er sich „aus dem Spiel nehmen" konnte, wie sie es nannten. Aber es war leichter gewesen, als sie es sich jemals vorstellen konnten.

Frag sie nach einem Date. Da waren sie wieder: die Worte, die ihn aus seinem Bett getrieben hatten. Sie kreisten in seinem Kopf, und sein einsames Herz schmerzte.

KAPITEL ZEHN

„Also, was denkst du über diese Farbe?", fragte Lacy am Samstagmorgen, als sie von der Wand zurücktrat, die sie gerade grün gestrichen hatte. Den Pinsel in einer Hand, schob sie eine Hüfte vor, während sie mit ihrer anderen Hand mit ihren pinkfarbenen Fingernägeln in Richtung Wand wedelte. „Für mich sieht es aus wie grüne Äpfel. Nicht, dass ich grüne Äpfel nicht mag, aber das ist ein kleiner Raum. So seltsam es auch für mich ist, es zuzugeben, aber diese laute Farbe könnte dich in den Wahnsinn treiben."

Sie hatte recht – aber Susan war fast schockiert zu hören, dass Lacy tatsächlich dachte, die grelle Farbe sei zu viel. Lacy war nie vor Farbe zurückgeschreckt – ihr Friseursalon war greller pink als ihre Fingernägel! Die Frau hatte einen Haufen bodenständiger Cowboys dazu überredet, Mule Hollow in allen Farben des

Regenbogens anzumalen. Doch jetzt, als sie hier in dem kleinen Wohnzimmer von Susans Zuhause stand, stellte das blonde Energiebündel die eine verhältnismäßig gedämpfte Farbe in Frage. Es war ein bisschen verwirrend – so ähnlich wie Susans Leben im Moment im Allgemeinen … mit Arbeit, Umzug und Cole. Die Gedanken an den Mann hatten ihr Leben die ganze Woche kompliziert gemacht – doch darüber würde sie heute nicht nachdenken.

„Bist du sicher, dass es dir gut geht?", fragte sie und konzentrierte sich auf das, was gerade vor sich ging.

„Ja", keuchte Molly Jacobs durch das offene Fenster zur Veranda.

Sie ließen sie nur im Freien malern, weil sie schwanger war. Mule Hollow erlebte derzeit eine Schwemme schwangerer Frauen, und viele andere dachten darüber nach. Bald würde die Bevölkerung explodieren. Das würde die notorischen Kupplerinnen des Ortes glücklich machen, denn das würde bedeuten, dass sich ihre ursprüngliche Idee als voller Erfolg erwiesen hatte.

Molly war die lokale Zeitungsreporterin, die fast von dem Moment an hier gewesen war, als Lacy und ihre Freundin Sheri in Lacys rosafarbenem 58er Cadillac-Cabriolet in die Stadt gefahren waren. Die Kupplerinnen hatten den ursprünglichen Traum, und als

127

Lacy in die Stadt gekommen war, hatte sie dem Plan Energie und Schwung eingehaucht.

Doch Molly hatte den Plan auf die nächste Ebene gebracht, als sie sich der Kampagne angeschlossen hatte. Sie war in die Stadt gekommen, um für ihre Zeitung in Houston einen Artikel über die verrückte Kleinstadt zu schreiben. Am Ende war sie geblieben und schrieb seitdem eine wöchentliche Kolumne, die Menschen im ganzen Land begeistert lasen. Diese Kolumne brachte immer noch Frauen in die wachsende Stadt. Die Geschichte faszinierte Susan auch noch nach drei Jahren, und sie konnte nur hoffen, dass einer der Cowboys eines Tages ihr gehören würde. Cole Turners Gesicht tauchte vor ihrem inneren Auge auf wie ein Dorn, der sich hineinbohrte. Es war eine Woche her, seit sie ihm gesagt hatte, dass sie nichts anderes als eine funktionierende Arbeitsbeziehung mit ihm haben wollte. Seitdem war er bei jedem Treffen übermäßig darauf bedacht gewesen, es genauso zu halten.

So sehr, dass es anfing, sie zu irritieren.

Warum war das so?

Und warum hatte sie solche Angst, mit ihm zu Abend zu essen? Sie kannte die Fakten – er würde wieder weggehen. Warum also nicht das Abendessen genießen und es dabei bewenden lassen? Immerhin war sie erwachsen.

Denn genau so musste es sein. Der sichere Weg.

Susan zog ihren Kopf aus den Wolken und konzentrierte sich auf das Apfelgrün an ihrer Wohnzimmerwand.

„Im Ernst", sagte sie. „Warum passt diese Farbe nicht zu mir? Vielleicht mag ich leuchtende Farben. Oder meinst du, ich bin zu langweilig dafür?"

Lacy verdrehte dabei die Augen. „Du weißt, dass ich gerne unberechenbar bin", sagte Lacy. „Aber Susan, sei ehrlich, du bist ein bisschen zurückhaltender als ich – und dieses Grün könnte dich auf Dauer verrückt machen …"

Auf der Veranda unterbrach Mollys Gelächter Lacy und übertönte Susans eigenes Lachen.

„Hey", fuhr Lacy fort. „Wir alle wissen, viel, viel, viel zurückhaltender wäre die genaue Formulierung."

Molly steckte ihren Kopf ins Fenster. „Aber das sind im Grunde alle! Hey, nur damit ihr es wisst, die Kavallerie kommt."

Molly hatte die Worte kaum ausgesprochen, als das Geräusch mehrerer Fahrzeuge die Einfahrt heraufkam. Susan warf Lacy einen erschrockenen Blick zu. „Was ist das?"

Lacy grinste. „Du hast doch sicher nicht gedacht, dass wir die ganze Arbeit allein machen würden, nur wir dreieinhalb? Ich bin früh hier, um dich vorzubereiten.

Und Molly hat beim Malern getrödelt, um sich Notizen für ihre Kolumne zu machen, wie immer!"

Molly wedelte mit ihrem winzigen Taschennotizbuch durch das Fenster.

„Ich hätte es wissen müssen", stöhnte Susan, als Lacy sie am Arm nahm und zur Tür führte. Unerwartete Tränen stiegen ihr in die Augen beim Anblick der lächelnden Leute, die aus ihren Trucks und Autos sprangen.

Vielleicht hatte alles mit den Kupplerinnen angefangen, die jetzt auf sie zukamen, doch zwischenzeitlich gab es eine wunderbare Gruppe von Frauen, die es ihr Zuhause nannten. Und sie waren hier, um ihr zu helfen und sie willkommen zu heißen. Susan fühlte sich plötzlich überwältigend gesegnet. Ihren Vater zu verlieren war so schwer gewesen, doch das hier fühlte sich so richtig an … als würde sie sich endlich ein Zuhause schaffen.

Haley Bell Sutton, die örtliche Immobilienmaklerin, die Susan dieses Haus vermittelt hatte, kam mit wippenden blonden Locken die Stufen herauf und reichte Susan eine verzierte Geschenktüte. „Alles Gute zum Einzug." Sie umarmte Susan. „Ich bin hier, um zu malern, aber du weißt, was für ein Tollpatsch ich bin, also solltest du mich vielleicht lieber draußen babysitten lassen oder so."

„Du bist kein Tollpatsch. Danke, dass du gekommen bist."

Bevor sie mehr sagen konnte, kam Rose Cantrell die Stufen heraufgefegt. „Wir sind so glücklich, dass du dich endlich entschieden hast, dich uns als echte Einwohnerin von Mule Hollow anzuschließen." Sie umarmte sie und hielt ein weiteres buntes Päckchen hoch. „Ich fange hier bei Molly einen Stapel an, damit du nicht versuchen musst, alle Geschenke zu jonglieren."

Ein Truck hielt an, und Tacy Jones sprang aus. „Puh! – Ich dachte schon, ich komme zu spät!" Sie joggte mit einem roten Päckchen, um das ein rotes Halstuch gewickelt war, die Stufen hinauf. Sie war durch und durch ein Cowgirl, sogar bis hin zu ihrer Geschenkverpackung. „Sind wir froh, dich hier zu haben! Birdy und ihre Welpen lassen dich ganz lieb grüßen."

Susan kicherte, als Tacy sie umarmte. Birdy war Tacys Blue Heeler, und sie hatte kürzlich einen Wurf schöner, gesunder Welpen zur Welt gebracht, deren Käufer schon gespannt warteten, sie mit nach Hause nehmen zu dürfen.

„Apropos Birdy und ihre Welpen, ich werde Anfang nächster Woche vorbeikommen, um sie ein letztes Mal zu untersuchen, bevor sie in ihr neues

Zuhause ziehen."

„Alles klar", sagte Tacy, als Esther Mae vortrat. Sie, Norma Sue und Adela hatten mit Hilfe von Lacy und Molly Erfrischungen aus ihrem Truck geladen.

„Ich hole mir auch einen neuen Hund, Susan", sagte sie und unterstich ihre Ankündigung mit einer Bärenumarmung. „Ich dachte, ich bereite dich besser darauf vor. Mein Hank und ich fahren morgen hin, um ihn abzuholen."

„Toll. Ich freue mich darauf, ihn zu sehen …"

„Sag ihr, was für ein Hund das ist", unterbrach Norma Sue sie und schüttelte ihre grauen Locken. „Das ist das Dümmste, was ich je gehört habe."

„Bitte, Norma!", rief Adela von dort, wo sie gerade einen Kuchen schnitt. „Fang nicht wieder damit an." Ihre hellblauen Augen funkelten amüsiert.

Esther Maes Grinsen wurde breiter. „Ein Dorkie!"

„Ein *was*?", fragte die versammelte Gruppe.

„Ein Dorkie", sagte Norma Sue laut und deutlich. „Das eine Gute daran ist, dass der Name zu Esther passt", kicherte Norma Sue.

„Ein Dorkie", sagte Susan. „Ich habe schon einmal einen gesehen, und sie sind so süß es nur geht – ein bisschen arg klein für meinen Geschmack, aber süß."

„Was ist das für eine Rasse?", fragte Haley.

Esther Mae tätschelte stolz ihre Frisur. „Eine

Kreuzung zwischen einem Dackel und einem Yorkshire Terrier. Weißt du, ein Yorkie. Sie nennen die kleinen Lieblinge Dorkies. Du solltest mein Baby sehen." Sie gurrte den letzten Satz. „Ich hole sie morgen ab. Sie ist im Moment nicht mehr als eine Tasse Fell. Einige Dorkies haben glattes Haar, aber meine Toot hat Locken, Locken und noch mehr Locken."

„Was hat dich dazu bewogen, dir einen Welpen anzuschaffen?", fragte Susan.

„Nun, bei all den neuen Babys, die geboren werden, dachte ich mir, ein süßer kleiner Welpe zum Spielen würde ihnen Spaß machen. Du kennst mich, ich will Pluspunkte sammeln, und ich möchte, dass diese Babys ihre Grandma Esther am meisten lieben."

„Ha! Das werden wir sehen", schnaubte Norma Sue.

Adela kam herüber und legte einen Arm um Susans Taille. „Lasst uns anfangen und Susans Haus einzugsfertig machen. Norma Sue und Esther Mae können sich jederzeit um ihren Status als beliebteste Großmutter vom Dienst streiten", sagte sie.

Wie immer, wenn Miss Adela sprach, hörten alle zu. Sie war ein zierliches Persönchen mit sanfter Stimme, doch sie war die Anführerin, wenn es darauf ankam. Sie ging immer, immer mit gutem Beispiel voran, und Susan wünschte sich, sie könnte nur halb die

Frau sein, die Adela war. Sie war eine starke Frau des Glaubens. Wie die meisten Frauen, die sie kannte und die in Mule Hollow lebten. Sie alle lebten ihren Glauben auf unterschiedliche Weise. Lacy war im Vergleich zu Adelas ruhigem, beständigem Charakter extrem extrovertiert und erfreute sich an ihrem Glauben. Der Gedanke traf Susan aus heiterem Himmel. Ihr Glaube war schwerfälliger. Was irgendwie traurig war – hatte sie Freude?

Warum fragte sie sich das? Ihr Leben war großartig. Was ihr daran nicht gefiel, änderte sich. In einer Zeit, in der sie am glücklichsten sein sollte, stellte sie plötzlich Dinge über sich in Frage, über die sie noch nie zuvor nachgedacht hatte.

Doch jetzt hatte die Gruppe von Frauen eine kritische Masse erreicht, und Susan wurde in eine Begrüßungsparty hineingezogen, mit der sie nicht gerechnet hatte.

Die Geschenke und das Essen waren wunderbar. Das Schönste war jedoch, dass alle in Arbeitskleidung gekommen waren.

„Danke, dass ihr gekommen seid", sagte sie. „Mein Vater hat immer gesagt, dass ein wahrer Freund derjenige ist, der auftaucht, wenn Arbeit zu erledigen ist." Das sorgte für viel Gelächter, doch als sie sich auf der Veranda voller lächelnder Frauen umsah, war sie sehr glücklich.

Trotz ihrer Fragen schien ihre Zukunft rosig zu sein. Als sie dort stand, drang das Geräusch einer Säge, die durch Holz schnitt, aus dem Klinikgebäude … Cole.

Plötzlich überkam sie die wahnsinnige Vorstellung, dorthin zu gehen und ihn zu fragen, ob er vielleicht doch einmal zum Abendessen mit ihr ausgehen wolle.

Vielleicht hatte Lacy recht. Vielleicht machte die apfelgrüne Farbe sie wirklich verrückt.

Cole rollte das Maßband auf dem Kantholz aus und blickte auf, als er hörte, wie ein weiteres Auto auf Susans Haus zufuhr. Irgendetwas war im Gange – es sah aus, als würden sich alle Frauen der Stadt dort versammeln. Er zeichnete gerade das Maß an, als draußen ein Truck draußen anhielt.

Ein paar Minuten später kam Seth herein.

„Ist auch Zeit, dass du auftauchst", sagte er und rollte das Maßband auf.

„Man schnauzt eine unbezahlte Hilfskraft nicht an", grunzte Seth. „Ich musste mich um mein eigenes Geschäft kümmern, bevor ich hierherkommen kam, um dir zu helfen."

„Ja, ja, lass die Ausreden stecken", sagte Cole und ging hinüber, um die Holzständer für eine weitere Wand aufzustellen. Er und seine Brüder liebten es, sich gegenseitig das Leben schwer zu machen. Er und Wyatt machte es besonders Spaß, Seth zu ärgern, da er der Ernsthafte war. Natürlich war Cole viel ernster, seit er sich in Lori verliebt hatte und ihr beim Sterben hatte zusehen müssen. Jemandem zuzusehen, der so hart ums Überleben kämpfte, veränderte die Art und Weise, wie man das Leben betrachtete.

Andererseits machte es einen Menschen auch dankbar für die Familie, und seine Brüder hatten ihm selbst in den dunkelsten Momenten beigestanden. Auch wenn sie nicht gewusst hatten, wie dunkel seine Tage geworden waren. Er hatte sein Pferd nach Hause geschickt und seine Harley am selben Tag gekauft, als sie Lori auf dem kleinen Friedhof außerhalb ihrer Heimatstadt in Colorado beigesetzt hatten. Er war einfach losgefahren, unsicher, wohin er gehen oder was er tun würde. Er hatte nur gewusst, dass er gehen musste. Seine Brüder waren besorgt gewesen, doch sie hatten sich zurückgehalten und ihn gewähren lassen, während sie dafür gesorgt hatten, dass er wusste, dass sie für ihn da waren, wenn er sie brauchte.

Es war sein Cousin Chance gewesen, der ihn auf die Idee gebracht hatte, in den Katastrophengebieten zu arbeiten. Chance war ein Rodeo-Prediger und hatte beim Wiederaufbau einiger der Tausende von Meilen von Zäunen geholfen, die Hurricane Rita zerstört hatte. Er hatte Cole während eines kurzen Telefonats ermutigt zu helfen. Er hatte mit Rita angefangen, und als Ike vor zwei Jahren die Küste heimgesucht hatte, hatte er weiter gemacht. Es war seltsam, wie sehr die Katastrophe sich für ihn als Segen erwiesen hatte, als er etwas gebraucht hatte, um sich von seiner Trauer abzulenken. Chance war zur richtigen Zeit am richtigen Ort gewesen.

Das sah er jetzt.

„Irgendeine Ahnung, was im Haus los ist?", fragte er.

Seth nahm ein Brett und reichte es ihm. „Sie veranstalten eine Einweihungs- und Malerparty. Melody ist auch drüben."

„Ich muss sie übersehen haben, als sie gekommen ist."

„Also, wie läuft's zwischen dir und Susan?"

„Da gibt es nichts, was laufen könnte."

Sie arbeiteten ein paar Minuten lang schweigend, dann hielt Seth inne. „Cole, was ist dieser Tage in deinem Kopf los? Denkst du denn kein bisschen darüber nach, dich niederzulassen?"

Cole schoss einen Nagel in das Brett, dann lehnte er sich auf seine Hacken zurück, um zu seinem Bruder aufzublicken. „Ganz ehrlich, ich denke hin und wieder darüber nach. Vor allem in letzter Zeit."

Seths Mundwinkel zuckte auf einer Seite nach oben. „Ich hatte gehofft, dass du das sagen würdest. Im Ernst, Cole. Ich brauche langsam mehr Hilfe, nicht dass ich dich oder Wyatt unter Druck setzen will. Ich bin glücklich, diese Ranch zu führen, aber seit wir die andere Ranch dazugekauft haben, nimmt die Arbeit mehr Zeit in Anspruch, als ich geben möchte. Ich bin jetzt verheiratet."

Cole stand auf. „Warum hast du nie was davon gesagt?"

„Ich habe mit Wyatt darüber gesprochen."

„Aber nicht mit mir."

Seth zuckte mit der Schulter. „Ich rede jetzt mit dir."

Cole konnte Seth lesen wie ein Buch. Sein Bruder hätte nichts gesagt, es sei denn, er meinte es ernst. „Also, was genau sagst du?"

„Ich sage, es ist Zeit, dass du nach Hause kommst. Es ist Zeit, deine Vergangenheit hinter dir zu lassen."

Cole war überrascht. „Was, wenn ich nicht will?"

Seth sah ihm in die Augen. „Es ist Zeit."

In diesen Worten lag mehr als nur Geschäftliches. Hier ging es um mehr als Viehzucht, und Cole wusste das.

„Du würdest mich zwingen, nach Hause zu kommen?"

Seth lachte freudlos. „Du kennst mich besser als das. Alles, was ich tun muss, ist, einen Vorarbeiter aus deiner und Wyatts Gewinnbeteiligung einzustellen, und das würde das Problem auf der Stelle lösen … was Wyatts zweiter Vorschlag war."

„Aber ich war sein erster Vorschlag?"

„Korrekt. Ich dachte nicht, dass du bereit bist, aber ich hatte nichts gegen seinen Plan, dich hierher zurückzubringen. Jetzt glaube ich, dass es wirklich an der Zeit ist. Wyatt hat recht."

„Warte … du warst an Bord?" Das ließ Cole aufhorchen. „Weißt du, wie er mich hierher zurückgebracht hat?"

„Irgendeine verrückte Geschichte, dass Melody und ich dachten, du wärst verärgert darüber, dass wir verheiratet und glücklich sind."

„Ich hätte es wissen müssen", schnaubte Cole und kam sich wie ein Idiot vor. Sein großer Bruder war immer gut für eine solche Nummer. „Ich habe ihm kein Wort geglaubt, als er zum ersten Mal mit der Geschichte angefangen hat. Aber du weißt, wie gut er Geschichten erfinden kann." Wyatt war ein waschechter Turner. Er hatte das Talent ihres Ur-Ur-Ur-Ur-Ur-Großvaters Oakley geerbt, Geschichten zu erzählen. Oakley war dafür bekannt, die Leute glauben zu machen, was er sagte. Wyatt hatte dasselbe Talent.

„Ich konnte ehrlich gesagt nicht glauben, dass du darauf reingefallen bist. Wyatt muss alle Register gezogen haben, um dich glauben zu machen, dass ich jemals denken würde, dass du dich nicht für mich freust."

Cole runzelte die Stirn. „Nicht so sehr, wie du denkst, Seth. Ich wollte nicht, dass du unglücklich bist, aber ich gebe zu, dass es mir schon unter die Haut gegangen ist. Ich bin früh gegangen, weil es alte Wunden aufgerissen hat. Ich war eine Weile ziemlich schlecht drauf."

„Wyatt ist genauso gut darin, unausgesprochene Signale wahrzunehmen, wie im Geschichtenerzählen", bemerkte Seth. „Es tut mir leid, dass du das durchgemacht hast, und es tut mir noch mehr leid, dass wir dich getäuscht haben, aber ehrlich gesagt bin ich jetzt froh – es ist wirklich Zeit, dass du nach Hause kommst. Ich brauche dich. Bitte vergib mir. Wie läuft das eigentlich? Das Hiersein, meine ich?"

Er wusste, wie schnell Cole unruhig wurde. „Seltsam."

„Im guten Sinne?"

Cole legte seine Nagelpistole ab und kratzte sich am Kiefer, während er darüber nachdachte, wie er in Worte fassen sollte, was in seinem Kopf vorging. „Ich bin mir nicht sicher. Und ich bin mir auch nicht sicher, ob ich Vollzeit hierbleiben will. So leid es mir tut, dir das zu sagen, aber so wie es aussieht, solltest du besser anfangen, nach einem Vorarbeiter für die Ranch zu suchen."

KAPITEL ELF

Die Sonne war bereits untergegangen, als die Frauen von Mule Hollow ihre Sachen packten und Feierabend machten. Susan konnte immer noch nicht glauben, dass alle Zimmer in ihrem kleinen Haus gestrichen waren. Ihre Küche war auch geschrubbt und die Schränke ausgelegt worden, sodass sie bereit war, auszupacken, sobald sie ihre Kisten hierher brachte … die sie natürlich noch packen musste, doch alle hatten sich bereit erklärt, auch dabei zu helfen.

Unruhig warf sie einen Blick zur Klinik und sah, dass Coles Truck immer noch davor geparkt war. Sie holte tief Luft und ging hinüber. Es war ein seltsamer Samstag gewesen. Zunächst einmal hatte sie keine Termine vereinbart, damit sie an ihrem Haus arbeiten konnte. Dann hatte sie dafür gesorgt, dass der neue Tierarzt, der ihre Klinik in Ranger gekauft hatte, in den nächsten drei Wochen Notrufe entgegennahm und sie während der Umstellungszeit nur für Konsultationen zur Verfügung stand. Sie hatte sich gefreut, als der Tierarzt zugestimmt hatte, und war ein bisschen erschrocken, dass sie auf die Idee gekommen war.

Doch es war der richtige Schritt. Ihre Kunden würden sich daran gewöhnen müssen, dass sie weg war, und sie würde sie gehen lassen müssen. Damit hatte sie jedoch ihren Frieden geschlossen. Heute hatte sie kaum daran gedacht – abgesehen von hoffnungsvollen Gedanken an das, was kommen würde.

Cole hatte das große Rolltor geöffnet, das in den Lagerbereich führte. Die Tür würde nun als einfacher Zugang für große Tiere und als Eingang zu den Ställen für die stationären Patienten dienen, die in den nächsten Wochen eingerichtet werden würden. „Hi!", rief sie, als sie das Gebäude betrat.

„Auch hi, da unten." Coles Kopf tauchte über einem Dachsparren auf.

Sie lachte nervös und blickte zu ihm auf.

Was tat sie da? „Was machst du da oben?"

„Kabel zu den neuen Steckdosen ziehen. Willst du hochkommen?"

„Klar." Susan ging zu der Leiter, die gegen einen freigelegten Stahlträger gelehnt war. Als sie an den Planken ankam, die Cole über zwei Dachsparren gelegt hatte, kam er ihr entgegen.

„Die sind gesichert, also keine Sorge", sagte er und nahm ihren Ellbogen.

Sie trat auf das Brett. „Danke."

„Ich will nicht, dass dem Boss was passiert." Sofort ließ er ihren Arm los und ging zurück zu der Kabelrolle, die er über die Decke zu rollen begonnen hatte.

„Sieht gut aus", sagte sie und versuchte, den Boss-Kommentar zu ignorieren – schließlich war sie diejenige gewesen, die es als geschäftliche Beziehung definiert hatte.

„Danke. Es kommt voran. Nächste Woche werde ich die neuen Verkleidungen an allen Wänden haben, und dann baue ich die Empfangstheke, und der Eingangsbereich ist fertig. Die letzte Woche werde ich brauchen, um den Bereich hier fertigzumachen …"

„Willst du was essen gehen?" Sie zwang die Worte hervor, bevor sie einen Rückzieher machen konnte.

Er neigte den Kopf, um sie aus seiner knienden Position anzusehen. „Nun, Doc, ich bin mir nicht sicher, ob mein Boss mir für sowas freigeben würde."

„Würdest du mit dem Boss-Mist aufhören und meine Frage beantworten?" Sie war verrückt. Vollkommen verrückt!

„Wenn du es so ausdrückst, sage ich wohl besser ja, sonst feuert mich mein Boss womöglich noch. Wann?"

„Wie wäre es morgen nach der Kirche?"

Er stand auf. „Bist du dir sicher?"

„Ich habe dich gefragt, oder nicht?"

Er lachte. „Ja, das hast du. Ich werde dort sein."

„Gut." Susans Knie zitterten, und ihr Magen drehte sich so heftig, dass sie seekrank wurde. Sie hatte Cole gerade um ein Date gebeten … „Ich gehe jetzt besser", platzte sie heraus, nicht weil sie es wollte, sondern weil es das Einzige war, was ihr erschöpftes Gehirn herausbringen wollte.

„Wie hast du es geschafft, heute für deine kleine Party freizubekommen?"

Die Frage ließ sie zögern. Er machte sich wieder an die Arbeit und rollte weiter das Kabel aus. Sie entspannte sich ein wenig – vielleicht hatte er ihre Einladung einfach nur als Einladung zum Abendessen interpretiert.

„Ich habe einen Deal mit dem Käufer gemacht. Er übernimmt Wochenendnotfälle in dieser Gegend bis zum Übernahmetermin. Also habe ich mir heute freigenommen."

Er hielt inne und starrte sie sichtlich erstaunt an. „Das ist gut, Doc. Wirklich gut. Wie hat es sich angefühlt, ein bisschen Freiheit zu haben?"

Sein Lob floss wie warmes Wasser über sie, und in diesem Moment hörten ihre Knie auf zu zittern, und ihr

Magen beruhigte sich. Sie lächelte – sie hätte es nicht verbergen können, selbst wenn sie es versucht hätte. „Es fühlt sich großartig an. Natürlich bin ich hier in Mule Hollow auf Abruf."

„Und erstaunt, dass du keine Anrufe bekommen hast?"

Sie lehnte sich gegen die Stahlstütze, die bis zum First reichte. „Schon. Ich hatte ein paar Anrufe, seit ich dich das letzte Mal gesehen habe, aber ansonsten war es ruhig."

Er hatte eine Verteilerdose erreicht. „Nicht meine Schuld, wenn du das denkst."

Sie lachte. Es war Tage her, dass sie daran gedacht hatte, wie wütend er auf Seth gewesen war, weil er sie gerufen hatte, um das Kalb zu retten. „Oh, ich bin froh zu wissen, dass du dein hart verdientes Geld nicht darauf verschwendest, meine Kunden dafür zu bezahlen, dass sie mich nicht anrufen."

„Glaube nicht, dass es mir neulich Nacht nicht in den Sinn gekommen wäre. Du warst so müde, dass du jemanden gebraucht hast, der was tut und was an der Situation ändert."

Jemand anderes hätte das vielleicht für einen süßen Gedanken gehalten. Sie nicht. „Cole, ich brauchte niemanden, der sich einmischt und mein Leben verändert. Ich kann das gut selbst. Wenn ich es für nötig halte." Und da waren sie wieder ... genau da, wo sie am Anfang gewesen waren.

Das Telefon klingelte gerade in dem Moment, als Cole etwas sagen wollte, wovon sie sich sicher war, dass es ihr nicht gefallen würde. Genau das war der Grund, warum es lächerlich war, ihn zum Essen einzuladen. Sie stritten sich die meiste Zeit. Dieser selbstgefällige Mann glaubte allen Ernstes, dass er immer recht hatte. Wie schön es sein musste, so perfekt zu sein!

„Ich muss ran."

„Die Pflicht ruft."

Selbst das irritierte sie. „Bis später", schnaubte sie und ging zur Leiter.

„Ruf mich, wenn du Hilfe brauchst!", rief er, als sie hinunterkletterte.

„Ja, ähm, danke."

Ja klar – als ob das passieren würde. Wohl kaum. Nein, sie hätte ihn nicht fragen sollen. Er war einfach zu stur und bildete sich Dinge ein, die nicht so waren. Dass sie Hilfe von ihm annahm, vermittelte ihm offensichtlich den Eindruck, dass er das Recht hatte, seine Meinung über ihr Leben zu äußern. Das war seltsam. Und nicht etwas, das sie tolerieren würde.

Cole ließ den Kopf hängen, verärgert über sich selbst. Warum konnte er seine große Klappe nicht halten? Er ging zur Leiter – fest entschlossen, Susan einzuholen. Sie hatten ein anständiges Gespräch geführt, und es hatte ihn von den Dingen abgelenkt, mit denen er sich beschäftigt hatte, seit Seth an diesem Morgen seine Bombe hatte platzen lassen.

Sie hatte das „Betreten verboten"-Schild in dem Moment ausgefahren, als er etwas über ihren Mangel an Verantwortung in Bezug auf ihre Sicherheit und ihr Wohlergehen gesagt hatte. So wie er sie zu kennen glaubte, hatte sie das, was er sagte, als Missbilligung ihres Lebensstils und als Schlag ins Gesicht aufgefasst.

Es war schwer, mit dieser Frau zu reden. Er kletterte die Leiter hinunter und folgte ihrer Stimme in Richtung des zukünftigen Wartebereichs. Dafür hatten sie am Dienstag im Büro eine Telefonleitung installieren lassen. Sie legte gerade auf, als er durch die Tür kam.

„Etwas stimmt nicht?"

„Ja. Lilly und Cort Wells – ein ortsansässiger Pferdetrainer – sind nicht in der Stadt, und eine ihrer Stuten sieht aus, als hätten die Wehen zu früh angefangen. Der Junge, der sie für sie füttert, hat angerufen. Ich fahre raus, um nachzusehen, ob alles in Ordnung ist."

Sie war während des Gesprächs auf die Tür zugegangen, und Cole folgte ihr. „Kann ich dir helfen?"

Auf keinen Fall, sagte der Blick, den sie ihm über

die Schulter zuwarf. „Nein. Ich komme schon klar."

„Vielleicht kann ich helfen." Er folgte ihr in die Nachtluft hinaus.

Sie warf ihm keinen weiteren Blick zu, sondern ging weiter über die Auffahrt und mit schnellen Schritten auf ihren Truck zu. Er fühlte sich am Ende, als er ihr nachblickte. Doch das ging ihn nichts an – was hatte er nach dem, was er gesagt hatte, erwartet?

Er hatte gerade das große Rolltor heruntergezogen und das Gebäude abgeschlossen, als sie vorbeifuhr. Sie würdigte ihn nicht einmal eines Blickes.

Er ging zu seinem Truck und beobachtete, wie sie vom Parkplatz fuhr. Er sollte es auf sich beruhen lassen. Sie wollte oder brauchte seine Hilfe nicht.

Als er auf die Straße fuhr, konnte er in der Ferne ihre Rücklichter sehen. Als sie auf die Hauptstraße nach Mule Hollow stieß, fuhr sie nach links. Cole bog nach rechts ab und fuhr in die entgegengesetzte Richtung.

Er würde tun, was sie sagte. Sich um seine Angelegenheiten kümmern und sich ein gebratenes Hühnchen in Sam's Diner holen. Susan würde schon zurechtkommen. Sie würde nur nach einem Pferd sehen. Das konnte sie im Schlaf, und er brauchte sich keine Sorgen zu machen, dass sie es schaffte, allein da draußen in Schwierigkeiten zu geraten. Sie wusste, was sie tat. Doch Unfälle passierten.

KAPITEL ZWÖLF

„Hey, Samantha, was geht?", rief Susan dem schelmischen Esel zu. Samantha hatte hier draußen bei Cort und Lilly das Sagen. Sie ließen den kleinen Esel frei herumlaufen und hatten nur versucht, den Hof so weit wie möglich Samantha-sicher zu machen. „Du benimmst dich hoffentlich." Samantha blinzelte mit ihren großen braunen Augen, kräuselte ihre Lippen und entblößte große Zähne zu einem Grinsen. Ihre Freundin Lucky, ein Fellball mit struppigem Haar kam um die Ecke gerast, als sie sie hörte.

Sie sprang an ihr hoch und begrüßte sie begeistert bellend.

„Wie geht es meinen beiden Lieblingspatientinnen?", fragte sie und kraulte zuerst Samantha zwischen den Augen, dann Lucky, bevor sie hineinging, um nach der Stute zu suchen.

Hinter sich konnte sie Samanthas Hufe auf dem Beton klappern hören, als der Esel ihr folgte. Lucky hüpfte bellend vor ihnen her, als wollte sie ihre Ankunft dem gesamten Pferdestall ankündigen. Susan erwartete fast, dass alle Pferde frei herumliefen, da Samantha die Angewohnheit hatte, ihre Boxen zu öffnen und sie freizulassen, damit sie ihr Futter fressen konnte. Lilly hatte ihr gesagt, dass sie dieses Problem besser unter Kontrolle hatten, seit Cort schwergängigere Riegel installiert hatte.

„Wie geht es unserer werdenden Mama?", fragte Susan beruhigend, als sie das Tor der letzten Box entriegelte, wo Sweet Pea unruhig mit den Hufen scharrte. Das Pferd schnaubte und warf den Kopf hin und her und sah ausgesprochen unglücklich aus. Susan ging in die Box und näherte sich ihr vorsichtig. Trotz ihres Namens war Sweet Pea ziemlich angespannt, und Susan wusste, dass sie vorsichtig sein musste.

Es war gut, dass Jake angerufen hatte. Sie sah aus, als ginge es ihr nicht gut. Sie rieb sanft die weiche Nase der Stute und strich dann mit der Hand über ihren Bauch. „Du fühlst dich nicht so toll, oder, Süße? Halt durch, alles wird gut."

Sweet Pea stieß sie mit der Nase an und schnaubte, als wollte sie sagen: „Du hast leicht reden."

„Glaub mir, ich habe viele Fohlen auf die Welt gebracht. Ich verspreche dir, alles wird gut", sagte sie, während sie sie untersuchte. Als sie fertig war, war sie froh zu sehen, dass alles gut aussah und die Geburt reibungslos verlaufen sollte. Trotzdem wusste Susan, dass sie immer mit dem Unerwarteten rechnen musste. Sie hatte ihre Gummihandschuhe ausgezogen und warf sie durch das Tor in den Mülleimer, neben dem Samantha saß. Der Esel beobachtete aufmerksam, was vor sich ging. Als säße sie im Kino. Susan streichelte ihr die Nase, bevor sie sich umdrehte, als Lucky anfing zu bellen – und einfach so passierte das Unerwartete … Sweet Pea erschrak, schwang herum und stieß Susan an. Aus dem Gleichgewicht gebracht stolperte Susan und ging zu Boden – gerade als Sweet Pea anfing, wie ein Rodeobronco zu steigen.

Cole konnte nicht anders. Ihm gefiel die Vorstellung nicht, dass Susan allein da draußen war. *Vergiss es.*

Ja. Sie wollte ihn nicht da draußen haben. Wider besseres Wissen parkte er vor dem Diner und stieg aus. An Samstagabenden wurde der einst verschlafene Ort lebendig. Mitverantwortlich für das Phänomen war das neue Scheunentheater, das am Stadtrand eröffnet worden war. Leute kamen in die Stadt, um die Live-

Show zu besuchen, und blieben, um bei Sam zu Abend zu essen. Sogar tagsüber war die Stadt voller Touristen gewesen … Touristen – allein die Vorstellung, dass seine Heimatstadt jetzt von Touristen besucht wurde, kam ihm so seltsam vor. Er musste sich an den Gedanken erst noch gewöhnen. Glücklicherweise hatte all das die Atmosphäre von Mule Hollow nicht wirklich verändert.

Sicher, die Fassaden der Stadt waren jetzt in allen Farben des Regenbogens gestrichen, doch das Herz, die Wurzeln des Ortes – die guten Leute – waren immer noch dieselben. Es war, als hätte sich die Stadt einfach ein bisschen herausgeputzt und wäre das geworden, was sie sich erträumt hatte. Und das zog Leute an. Als er das alte Diner betrat, übertönten die Stimmen der Leute, die sich unterhielten und lachten, fast Faith Hills „Mississippi Girl", das die Jukebox in der Ecke spielte.

Da war ein süßes Mädchen im College-Alter, das eine Bestellung von einer großen Gruppe in der hinteren Ecke entgegennahm, und durch die Schwingtüren, die in die Küche führten, konnte er jemanden sehen, der am Grill arbeitete. Sam lächelte ihn hinter der Theke an.

„Wie geht's dir, Cole? Kaffee?"

Cole nickte. „Hast Hilfe eingestellt, wie ich sehe", sagte er und ließ sich auf einen Hocker fallen. Seit er denken konnte, hatte Sam allein im Diner gearbeitet. Es war ein sicheres Zeichen dafür, dass die Stadt gewachsen war.

„Jupp. Seit ich mit Adela verheiratet bin, genieße ich eine kleine Auszeit hier und da."

Cole hätte es wissen müssen. Das Gespräch, das er an diesem Morgen mit Seth geführt hatte, war plötzlich wieder sehr präsent. Seth wollte auch mehr Freizeit.

Er wollte, dass Cole nach Hause kam. Sie wollten, dass er mit anpackte und an seiner Seite die Verantwortung für das Vermächtnis übernahm, das sie mit der Ranch zu bewahren versuchten. Cole verstand den Grund dafür, es hatte ihn dennoch unvorbereitet getroffen.

„Wie läuft's bei Susan?", fragte Sam grinsend.

„Es läuft. Ich bin im Zeitplan."

„Das habe ich nicht gemeint und das weißt du auch. Wie läuft's zwischen euch?"

„Was denkst du?"

Sam schmunzelte. „So gut, was?"

Am Tresen saß ein Cowboy Anfang zwanzig und mischte sich in das Gespräch ein. „Ich habe Susan vor ungefähr einer halben Stunde wegen einer der Stuten bei den Wells' angerufen."

„Cole. Jake. Jake. Cole", sagte Sam und stellte die beiden einander vor. „Jake hier kümmert sich um die Tiere, wenn sie nicht da sind."

„Schön, dich kennenzulernen", sagte Cole und schüttelte ihm die Hand. „Sie war im Büro, als du angerufen hast."

„Also ist sie rausgefahren?"

„Fast bevor sie aufgelegt hat." Er war immer noch nicht glücklich darüber, dass sie allein da draußen war.

„Das Mädchen arbeitet zu viel allein", sagte Sam und sah Cole stirnrunzelnd an. „Warum hast du sie allein da rausfahren lassen?"

„Immer langsam, Sam. Ich habe es ihr angeboten, und sie hat abgelehnt."

Jake sah besorgt aus. „Die Stute ist ziemlich scheu und nervös. Ich denke, das Fohlen braucht ein bisschen Hilfe, um rauszukommen."

„Dann fahre ich gleich rüber", sagte Cole. „Sam, kannst du mir zwei Grillplatten zum Mitnehmen machen?"

Sams Lachfalten begannen, um seine Augen zu tanzen. „Klingt nach einem Plan. Ich lege sogar noch ein paar Stücke Pfirsichkuchen drauf."

Was tue ich da? „Warte. Nein, vergiss es", sagte Cole und dachte daran, wie stur Susan war. Die Frau hatte recht – sie war eine erfahrene Tierärztin, die unzählige nächtliche Hausbesuche gemacht hatte. Er war nur hier, um ihre Klinik umzubauen, nicht, um ihr Leben zu übernehmen.

„Vergiss es?", fragte Sam ungläubig.

„Das habe ich gesagt. Susan kommt schon klar. Sie wird hochgehen wie eine Rakete, wenn ich da auftauche. Das habt ihr mir von Anfang an gesagt."

„Ja, aber …" Sam kratzte sich am Kopf. „Bist du sicher?"

Nein, er war sich nicht sicher. Aber was sollte er tun? Ihre Wünsche ignorieren und sich in ihr Leben drängen, ob sie es wollte oder nicht?

Susan rollte sich ab und versuchte, Sweet Peas Hufen zu entkommen. Sie zuckte zusammen, als einer ihre Hüfte streifte. Schmerz schoss durch ihr Bein, und sie hob schützend die Arme über ihren Kopf, als sie zum Tor der Box rollte. Völlig außer sich kam Sweet Pea wieder herunter. Diesmal streifte der Huf Susans Schulter – zum Glück nicht mit dem vollen Gewicht des Pferdes. Trotzdem schrie Susan vor Schmerz auf.

Gefangen und zum ersten Mal panisch vor Angst, wappnete sich Susan für das Schlimmste. Plötzlich stieß Samantha ein lautes I-ah aus, und die Stalltür flog auf, und Lucky und Samantha kamen zu ihrer Rettung hereingestürmt.

Etwas stimmte nicht.

Das unaufhörliche Bellen eines Hundes ließ Cole

aus seinem Truck springen, kaum dass er neben Susans Truck angehalten hatte. Als er in die Scheune stürmte, sah er sich mit etwas konfrontiert, das er sich nie im Leben vorgestellt hätte: Samantha, der Esel, schleppte Susan aus einer Box.

Samantha, noch runder, als er sie in Erinnerung hatte, hatte Susans Kragen gepackt und bewegte sich rückwärts aus der Box. Der Hund stand zwischen Susan und der trächtigen Stute und hielt das aufgebrachte Pferd mit seinem Kläffen zurück.

Was für ein Zirkus. Er rannte auf sie zu, stieß den Esel weg, packte Susan unter den Armen und zog sie aus der Box.

Sie war bei Bewusstsein. Mit erschrockenen Augen starrte sie zu ihm auf, als er in der Mitte der Scheune stehenblieb. Sie zuckte zusammen, als er auf die Knie fiel und sie an sich lehnte. „Was ist passiert? Bist du verletzt?"

„Sweet Pea hat mich umgestoßen und dann mit ihren Hufen erwischt. Samantha und Lucky sind zu meiner Rettung geeilt."

Er berührte vorsichtig ihre Schulter und den zerrissenen Hemdsärmel. „Du bist verletzt. Wo? Ist das die einzige Stelle?"

„Es ist nichts."

„Wo sonst?", fragte er.

„Nur geprellt – an Hüfte, Schulter und Ego. Das ist das Schlimmste."

Er wurde wütend. „Das war genau so etwas, wovon ich befürchtet habe, dass es dir passieren könnte." Seine Hände schlossen sich fester um ihre Arme, und er hatte das überwältigende Verlangen, sie um sie zu legen und sie fest zu umarmen. „Du weißt, was für ein Glück du gerade gehabt hast, oder?" Er hörte den scharfen Unterton in seiner Stimme, als die Angst, sie zu verlieren, in ihm aufbrandete. Sie hätte getötet werden können.

„Bist du okay?", fragte Cole. Seine Hände zitterten, als er auf sie hinabblickte. Gefühle, die er weggesperrt hatte, drohten, ihn zu überwältigen, aber er behielt die Kontrolle, als Susan nickte. Ihre Gesichter waren sich nah, und er senkte seine Lippen zu einem Kuss auf ihre Schläfe, bevor er sich aufhalten konnte. Sie versteifte sich in seinen Armen, und er kam wieder zu Verstand … Er schluckte und richtete sich abrupt auf. „Gut." Sie hatte sich nicht bewegt, sondern blinzelte und musterte ihn. Was hatte er sich dabei gedacht? Er rappelte sich auf.

„Lass uns sehen, ob du stehen kannst. Vorsichtig", sagte er und versuchte angestrengt, sich wieder darauf zu konzentrieren, wütend auf sie zu sein, und nicht darauf, dass er gerade ihre Schläfe geküsst hatte. Er konnte sich kaum davon abhalten, ihr einen richtigen Kuss zu geben.

Er hätte sie verlieren können.

Der Gedanke traf ihn so hart, dass seine Knie weich wurden. Sie atmete mit schmerzverzerrtem Gesicht ein, als sie sich auf seinen Arm stützte und aufstand. Sofort entfernte sie sich ein paar Schritte von ihm. Er bewegte sich nicht. *Sie gehört dir nicht, du kannst sie nicht verlieren,* erinnerte er sich.

Jedenfalls nicht so. Sie war nicht Lori.

„Mir geht's gut", sagte Susan. „Nichts kaputt. Ich werde wahrscheinlich ein paar Tage lang hinken, und mein Arm wird mich jedes Mal, wenn ich ihn bewege, wissen lassen, dass er da ist, aber mir geht's gut.

Cole blinzelte. „Was, wenn sie dich totgetrampelt hätte? Was, wenn du die ganze Nacht hier draußen gelegen hättest, ohne dass jemand gekommen wäre?" Was, wenn er nicht auf Sam gehört hätte und nach Hause gefahren wäre ... Sein Magen drehte sich um, und er hätte sich am liebsten übergeben. Sie starrte ihn fassungslos an.

„Wie kannst du Großtierbesuche allein machen?", sagte er und schlug die Stalltür zu. Er musste irgendetwas anderes tun, als sie anzusehen.

„Fang das nicht mit mir an, Cole."

„Warum? Weil du die Wahrheit nicht hören

willst?" Er sagte sich, er solle sich zurückziehen. Er sagte sich, dass ihn das nichts anging, doch er war schon zweimal da gewesen, als sie sich unnötig in Gefahr gebracht hatte – es war kein Zufall. Er musste zu ihr durchdringen. Er musste sie dazu bringen, besser auf sich aufzupassen. „Warum bist du so furchtbar stur?"

„Weil ich es bin. Weil ich es sein muss. Es ist meine Sache und meine Praxis. Ich weiß, wie man mit großen Tieren umgeht. Ich bin nicht dumm."

Sie standen voreinander und atmeten beide schwer vor Emotionen – Wut auf ihrer Seite. Angst und ... Verzweiflung seinerseits. Er musste ihr klarmachen, dass sie wertvoll war und ein großartiges Leben vor sich hatte. Er riss seine Gedanken zurück.

Was tat er da? Er fuhr mit seinen Händen durch sein Haar, seine Finger zitterten, und er steckte sie schnell in seine Taschen, um die Gefühle zu verbergen, die sie verrieten. Er hatte so viel zu sagen, doch es war nicht an ihm, also versuchte er sich zurückzuhalten.

„Geht es der Stute gut?", fragte er stattdessen und überspielte die Wut und die Sorge, die in ihm tobten.

„Ja, sie ist nur verängstigt." Ihre Finger wanderten zu ihrer Schläfe.

Cole fragte sich, ob ihr aufgefallen war, dass sie die Stelle berührte, die er geküsst hatte. Er hatte es bemerkt. Er spannte seine Finger an und vergrub sie tiefer in seinen Taschen.

„Sie wollte mir nicht schaden. Lucky hat gebellt und sie erschreckt, während sie eine Wehe hatte, und es ging einen Moment einfach drunter und drüber."

„Also, was ist der Plan?"

„Der Plan?"

„Ja, fährst du nach Hause oder was?" Er war nicht überrascht, als sich eine senkrechte Falte zwischen ihren Brauen bildete.

„Ich bleibe hier und beobachte sie. So wie es aussieht, muss ich ihr vielleicht helfen." Sie ging zum Stall und sah die Stute an.

Ihr Hinken war nicht schlimm, doch es hätte schlimm sein können. Und das war das Problem. Er hatte eine Wahl hier. Er könnte explodieren und nirgendwo mit ihr hinkommen. Oder … er ging zum Ende des Stalls.

„Das dachte ich mir", sagte er. „Gut, dass ich Abendessen mitgebracht habe."

„Abendessen?"

„Ja", warf er über die Schulter. „Jemand muss dich dazu bringen, auf dich selbst aufzupassen."

Ihr frustriertes Knurren folgte ihm bis zum Ende der Scheune.

„Du musst nicht auf mich aufpassen, Cole Turner. Nur weil ich irgendeinem dummen Grund Unfälle hatte, als du da warst, heißt das nicht, dass ich dich brauche."

Er blieb an der Tür stehen. „Das mag sein, aber es ist klar, dass du *jemanden* brauchst", schoss er zurück.

Diese sture Frau machte ihn wahnsinnig – ja, wahnsinnig, genau das war er.

Sie ging ihm mehr unter die Haut als jede andere Frau vor ihr … und das war keine gute Sache.

KAPITEL DREIZEHN

*B*eruhige dich. Beruhige dich. Beruhige dich.
Samantha stupste sie am Arm an, als Susan versuchte, ihr Temperament zu zügeln. Dicke, kalte Lippen knabberten an ihrem Arm, als wollten sie sie trösten.

„Mach dir keine Sorgen, Mädchen. Mir geht's gut. Er ist es, der die nächsten paar Minuten vielleicht nicht überlebt", sagte sie. Verständnis schien aus den großen braunen Augen des Esels zu fließen. Samantha war bekannt für ihre fast menschlichen Reaktionen. Sie hatte ein wunderbares Gespür dafür, wenn jemand in Not war. Susan war nicht die Erste, der sie den Tag gerettet hatte. „Danke, dass du mir hilfst, du kleiner Schatz."

Lucky war Cole nach draußen gefolgt, und jetzt wirbelte Samantha herum und tänzelte wie ein Showpony auf Zehenspitzen. Ihre Hufe trappelten wie eine pralle Ballerina die lange Gasse zwischen den Boxen hinab.

Susan folgte, froh, dass sie nicht gegen den Kopf getreten worden war und zwei tanzende Esel sah.

Cole hatte recht. Sie war dumm gewesen.

Aber der bloße Gedanke, dass er recht hatte, ärgerte sie umso mehr. Sie war vollkommen verantwortungslos gewesen, allein hierherzukommen. Da es in diesem Teil des County praktisch keinen nennenswerten Handyempfang gab, hätte Sweet Pea sie leicht gegen den Kopf treten oder ihr ein Bein brechen können, und sie hätte keine Hilfe rufen können. Sie hätte hier festgesessen. Verletzt und allein. Oder tot.

Sie verzog das Gesicht und machte einen Schritt nach draußen, wo Cole um die Ecke verschwunden war, nachdem er ihr gesagt hatte, dass sie jemanden brauchte. Sie brauchte jemanden – als ob sie das nicht schon selbst gewusst hatte! Verstand er nicht, dass sie auf der Suche war? Natürlich sprach er von einem Assistenten … Danach würde sie auch suchen.

Das Laufen tat nicht so weh, wie sie befürchtet hatte. Ihr Stolz hatte wohl den schlimmsten Schaden erlitten.

Es war ihr nicht entgangen, dass Gott über sie gewacht hatte. Es grenzte an ein Wunder, dass Sweet Pea sie nicht schlimmer getreten hatte.

Als sie ihr Top betrachtete, war sie froh zu sehen, dass es von den Hufen des Pferdes nicht weiter zerrissen worden war. Allerdings hing überall Heu, und sie klopfte es beim Gehen ab, wobei sich ihre Schulter bei jeder Bewegung verspannte.

„Was machst du eigentlich hier?", fragte sie und ignorierte, wie ihr Herz beim Anblick von ihm neben seinem Truck einen Sprung machte. Sie musste vieles ignorieren, als das Gefühl seiner Arme um sie in ihre Gedanken drängte. Das Gefühl seiner Lippen auf ihrer Haut – ihr stockte der Atem bei der Erinnerung. Sie war zuvor zu fassungslos gewesen, um darüber nachzudenken, aber jetzt war es da. Er hatte seine Arme um sie gelegt und … und nichts.

Sie schob den Gedanken beiseite. „Warum bist du hier?", fragte sie nachdrücklicher.

Er hob ein paar Kartons vom Sitz seines Trucks und grinste.

Sein Grinsen traf sie unvorbereitet und hätte sehr gut dazu führen können, dass ihr Inneres wie warme Butter schmolz, wenn sie es zugelassen hätte. Aber, oh nein – sie wehrte dieses Gefühl mit aller Macht ab!

„Was ist das?", fragte sie und erkannte Sams Mitnahme-Container noch, als sie die Frage aussprach. Essen. Das Essen war gut.

„Jake war bei Sam, als ich dort angekommen bin,

und er sagte, dass er glaubte, dass sich das mit der Stute die ganze Nacht hinziehen könnte – ich habe sicher nicht damit gerechnet, dass dich bei meiner Ankunft Samantha aus der Gefahrenzone holen würde. "

Seine Miene verdunkelte sich, und sie wusste, dass er sich bemühte, nicht mehr zu sagen. Stattdessen hielt er die Container hoch. „Wie auch immer, hier ist dein Abendessen."

Sie wollte ihm so sehr sagen, er solle sein Abendessen nehmen und verschwinden, doch ihr Magen brüllte wie ein hungriger Löwe.

Er zog eine Augenbraue hoch. „Versuch erst gar nicht, mir zu sagen, dass du keinen Hunger hast. Nicht, wenn dein Magen so laut knurrt." Er ging an ihr vorbei zu der Mesquite-Schaukel neben dem Eingang der Scheune. „Sam sagt, du trinkst deinen Tee ungesüßt. Hoffe, das stimmt", sagte er, als er an ihr vorbeiging.

„Ähm … ja", brachte sie durch zusammengebissene Zähne hervor, als ihr ein neues Problem bewusst wurde. „Also weiß jeder, dass du mir Abendessen gebracht hast?"

„Oh ja. Sam hat darauf bestanden." Er holte zwei Pappbecher aus dem Truck und setzte sich auf die Schaukel. Er stellte die Becher vor sich auf den Boden und klopfte auf den Platz neben sich. „Komm. Ich beiße nicht."

Wer's glaubt! Susan setzte sich auf die Schaukel und nahm die Schachtel mit Essen, die er ihr anbot. Sie konnte genauso gut etwas essen und dann würde er hoffentlich gehen. Der Duft von Barbecue-Brisket ließ ihren Magen erneut knurren, diesmal so laut, dass Lucky die Ohren aufstellte, bevor sie sich zu ihren Füßen niederließ und darauf wartete, dass etwas herunterfiel.

„Das riecht wunderbar", gab sie widerwillig zu.

„Ja. Egal wo ich hingehe, ich vermisse Sams Kochkünste." Cole öffnete seinen Container, schloss die Augen und atmete ein. „Das ist texanisches Gold. Genau das meine ich."

Susan verschluckte sich fast, während sie ihn beobachtete. Seine dunklen Wimpern ruhten auf gebräunter Haut, und seine Lippen waren an den Mundwinkeln nach oben gezogen … Gott, sie konnte nicht aufhören zu starren!

„Ja, ich weiß was du meinst." Sie seufzte.

Seine Augen öffneten sich, und sie senkte den Blick auf ihren Container – sie ließ den Deckel so schnell aufschnappen, dass sie fast das Essen von ihrem Schoß geworfen hätte. Lucky bellte und wedelte mit dem Schwanz und schien zu denken, dass er gleich ein Festmahl bekommen würde.

Da sie etwas anderes zu tun brauchte, als daran zu

denken, wie gutaussehend dieser ärgerliche, herrische Cowboy neben ihr war, nahm Susan sich ein Stück Baguette und biss hinein. Sie konnte nur hoffen, dass Cole nicht bemerkte, dass sie anders als Lucky nicht ans Grillen dachte.

Vielleicht hatte sie doch einen Tritt gegen den Kopf bekommen!

„Warum bist du so stur?"

Seine irritierende Frage hätte sie nicht überraschen dürfen. Doch das tat sie. „Wenn ein Mann sein Geschäft so führen würde wie ich, würde ihm niemand sagen, dass er stur ist. Er würde sich nur ums Geschäft kümmern. Du, Mr. Turner, bist ein ..."

„Ja, das bin ich." Er hielt ihrem Blick reuelos stand. „Ein Sexist. Das wolltest du doch gerade sagen? Denn wenn dem so ist – und ich kenne dich – dann sei's drum. Wenn mich die Tatsache, dass ich denke, dass du nicht gut genug auf dich achtest, in diese Kategorie bringt, dann bin ich dabei und stolz darauf."

Unerwarteterweise schickten seine Worte eine so starke Sehnsucht durch sie hindurch, dass es ihr den Atem nahm. Sie knabberte an ihrem Baguette und kaute, als würden Hunde sie verfolgen. Lass ihn nicht näher an dich ran. Tu's nicht!

Er war herrisch und irritierend, doch er versuchte, auf sie aufzupassen, sie zu beschützen ... und es fühlte sich seltsam *gut* an.

Seit dem Tod ihres Vaters hatte niemand sie beschützen wollen.

In ihrem Hals bildete sich ein Kloß. *Whoa, stopp. Genau hier. Du ziehst nach Mule Hollow in der Hoffnung, jemanden zu finden, der mit deiner Lebensweise zurechtkommt. Jemanden, der dich trotzdem lieben kann ... nicht jemand, der denkt, dass dein Leben völlig falsch ist.*

Sie aßen ein paar Minuten schweigend. Sie war sich nicht sicher, wohin sie gehen oder was sie sagen sollte, also aß sie einfach. Ihr Kopf schwirrte. Sie nahm ein Stück Fleisch in die Hand und hielt es Lucky entgegen, dann streichelte sie ihr den Kopf, nachdem sie es gefressen hatte.

„Du liebst deinen Job, nicht wahr?", fragte sie, weil es eine einfache Frage war. Die sicherste Frage. Besser als die Frage, warum er nicht in der Stadt blieb oder sich niederließ. Das war, was sie wirklich wissen wollte … warum hatte Cole Turner noch keine Frau? Vielleicht, weil er so widerborstig war! Nun, das war die Wahrheit, aber sie wusste, dass sogar die störrischsten Leute Partner fanden.

Er griff nach seinem Pappbecher; im Schein des Lichts vor der Scheune sah sie zu, wie er das Eis im Becher kreisen ließ. „Ich bin mir nicht sicher, ob ich es

Liebe nennen würde."

Das kam ihr seltsam vor. „Aber du bist immer auf Achse. Du ziehst von Ort zu Ort – darum bin ich davon ausgegangen, dass es dir gefällt."

„Ich helfe Menschen. Ich mag es. Versteh mich nicht falsch. Aber …"

Aber was? Sie spielte mit ihrem Essen, dann schloss sie den Deckel und stellte die Schachtel auf den Platz zwischen ihnen. „Aber?", fragte sie schließlich, fasziniert, als er schwieg. Sie sah zu, wie sein Adamsapfel auf und ab wanderte.

„Du liebst deinen Job?"

Sie nickte. „Das dürfte ziemlich offensichtlich sein."

„Ja. Wer fast jede wache Stunde einer Sache widmet und seine Sicherheit völlig ignoriert, muss etwas lieben."

„Ah, da sind wir wieder." Enttäuschung machte sich breit und Wut regte sich. „Ich muss nach Sweet Pea sehen", sagte sie und stand von der Schaukel auf, froh, dass ihre Hüfte nicht zu sehr protestierte. „Danke fürs Abendessen."

„Tut deine Hüfte arg weh?", fragte er und stand ebenfalls auf.

„Nein. Ich bin schon früher getreten worden. Es ist –"

„Teil des Jobs", sagte er in angewidertem Ton, als er ihren Satz für sie beendete.

„Ja. Das ist es", fauchte sie und ging in den Stall, wobei sie versuchte, nicht zu auffällig zu hinken. Was erwartete der Mann von ihr? Man konnte nicht Tierarzt sein und *nicht* damit rechnen, sich ab und an schmutzig zu machen oder getreten zu werden … oder müde zu sein. Sie warf ihm einen bösen Blick zu, als er ihr folgte.

„Schau …", begann er.

„Nein, du schau." Sie wandte sich ihm zu. „Ich habe es nicht nötig, dass du hier auftauchst und mich verurteilst. Das ist mein Job. So bin ich. Wenn du das nicht akzeptieren kannst, dann brauche ich dich wirklich nicht hier. Ich habe dich nicht gebeten, zu kommen. Und was das Mittagessen morgen betrifft – vergiss es. Das Angebot ist hiermit zurückgezogen. Und wenn du überlegst, heute länger hier rumzuhängen, lass es einfach. Das ist nicht mein erstes Fohlen, und es wird nicht mein letztes sein."

Ihre Knie zitterten, als sie davonstürmte. Ihr Daddy hatte ihr gesagt, dass sie gewisse Dinge opfern musste, um das zu bekommen, was sie vom Leben wollte, und sie war bereit, das zu tun. Wenn sie ihn jetzt nicht loswurde, würde sie es vielleicht bereuen. Zum ersten Mal in ihrem Leben hatte sie Angst, sie könnte versucht sein, mehr aufzugeben, als sie wollte. Diese Angst, die er um sie hatte, war erdrückend. *Oder nicht?*

Cole war nicht gut für sie. Überhaupt nicht. „Geh nach Hause", beharrte sie. „Und ich meine es. Verschwinde hier."

Cole fuhr sich mit den Händen durchs Haar und sah zu, wie Susan in Sweet Peas Stall verschwand. Diesmal hatte er wirklich eine Grenze überschritten. Was hatte es mit Susan auf sich, das ihn vor Sorge fast krank machte? Sicher, sie hatte ein paar Unfälle gehabt, während er in der Nähe war, aber Dinge passierten. Sie konnte nicht unter einem Glassturz leben –

Was dachte er sich nur dabei? Er schlurfte zur Box, während er versuchte herauszufinden, was er tun sollte.

Was er zu sagen hatte. Als er die Box erreichte, sah er, dass Sweet Pea am Boden lag und die Geburt begonnen hatte. Vor nicht allzu langer Zeit hatte sich die Stute gewehrt, als Susan in die Box gekommen war, und jetzt kam das Fohlen schon. Susan war am Boden neben ihr und half ihr, und er ging hinein, um ihr seine Hilfe anzubieten, doch sie warf ihm einen finsteren Blick zu und wies mit dem Kopf in Richtung des Scheunenausgangs. Er blieb stehen. Offensichtlich meinte sie es ernst damit, dass er gehen sollte.

Dann sei's drum. Er drehte sich um und ging zu

seinem Truck. Susan wollte nicht, dass er blieb, und sie hatte die Situation unter Kontrolle. Er andererseits hatte nichts unter Kontrolle. Gar nichts.

„Wyatt, kommst du in die Stadt oder nicht?" Cole ging im Postkutschenhaus auf und ab. Als er nach Hause gekommen war, hatte er seine Harley zwanzig Minuten lang angestarrt, bevor er sich ausgeredet hatte, zurück nach Galveston zu fahren. Stattdessen hatte er entschieden, dass es an der Zeit war, seinen großen Bruder anzurufen – schließlich war es Wyatts Schuld, dass er in diesem Schlamassel steckte.

„Tut mir leid, Bruder, aber ich schaffe es nicht. Dieser Fall –"

„Fang gar nicht erst davon an", knurrte Cole. „Seth hat mir von dem Plan erzählt, mich hierher zu bringen und dann hier zu behalten."

„Das bestreite ich gar nicht", sagte Wyatt. „Ich dachte, es wäre gut für dich. Es ist Zeit für dich, nach Hause zu kommen, Cole. Früher hast du es geliebt. Bis Lori in dein Leben gekommen ist. Ich wollte wirklich nach Hause kommen, um mit dir persönlich darüber zu reden, aber in diesem Fall hat es eine unerwartete Wendung gegeben. Ich steige gerade in ein Flugzeug nach New York. Aber hör mir zu, Cole. Es ist Zeit, Lori gehen zu lassen. Es ist an der Zeit, zu Hause zu bleiben, wo du gebraucht wirst."

„Ich werde –"

„Zuhause gebraucht. Dort wirst du jetzt gebraucht, und dort solltest du lange genug bleiben, um Frieden zu schließen mit dem, was dich verfolgt."

„Mich verfolgt nichts." Cole lehnte an der Theke und starrte auf die hundert Jahre alten Schränke vor sich. Seine Wurzeln saßen tief hier in dieser Hütte und auf diesem Land. Doch sein Herz – „Ich muss weg, Wyatt."

Wyatt sagte lange nichts, und die Uhr auf dem Kaminsims tickte laut. Jede Sekunde lastete schwer auf Cole. Er brauchte die Straße. Er brauchte … was? Das war nicht dasselbe wie die anderen Male – etwas war anders.

„Wie läuft der Umbau?", fragte Wyatt schließlich und unterbrach damit Coles aufgewühlte Gedanken.

„Macht sich."

„Wenn du darüber nachdenkst zu gehen, denk daran, dass du dieses Projekt übernommen hast. Weglaufen wird dieser hübschen Tierärztin nicht helfen, ihre Klinik fertigzubekommen. Es wäre wirklich schwach von dir, sie hängenzulassen."

„Was bist du, meine Mutter?", knurrte Cole.

Wyatt lachte. „Nein, Bruder, ich bin dein großer

Bruder, und vergiss das nicht. Du bist meine Verantwortung, und ich behalte dich im Auge. Wie geht es dem guten Doc?"

„Sie ist eine zänkische, sture Frau, die wahrscheinlich den Tag bereut, an dem sie mir den Auftrag gegeben hat. Ich weiß, dass ich nicht allzu glücklich darüber bin, dass ich ihn übernommen habe. Wer auch immer dieser Typ war, der abgesprungen ist, muss einen Tipp bekommen haben, dass die Arbeit für sie kein Kinderspiel werden würde."

Das sorgte am anderen Ende der Leitung für Gelächter. „Also kommt ihr so gut miteinander aus."

„Gut? Wir ertragen einander gerade so, aber –" Cole brach ab, verlagerte sein Gewicht von einem Fuß auf den anderen, und Frust nagte an ihm. „Wyatt, ich kann nicht bleiben", platzte er schließlich heraus.

„Warum? Weil du dich zu jemandem hingezogen fühlst?"

„Ha – wie eine Motte zum Licht!" Er war verloren, wenn er blieb. Es war eine No-Win-Situation.

„Das ist besser, als ein halbes Leben zu leben."

„Du hast keine Ahnung."

Cole war gereizt. Als Kind war Wyatt immer der Anführer gewesen. Er nahm seine Position als Ältester ernst, und Cole wusste, dass es ihn einiges an Willenskraft gekostet hatte, nicht einzugreifen und zu versuchen, Coles Probleme im Voraus zu lösen. Er hatte offensichtlich erkannt, dass das, was seinem kleinen Bruder fehlte, selbst über seine Grenzen hinausging. Cole hoffte, dass er weiterhin so dachte.

„Cole, ich habe mich sechs Jahre lang aus deinen Angelegenheiten rausgehalten. Aber ich habe die Nase voll davon. Sprich mit mir."

„Man kann nicht alles reparieren."

„Vielleicht nicht, aber das heißt nicht, dass ich aufgeben werde. Du kennst mich – wann habe ich jemals etwas aufgegeben, was ich für wichtig gehalten habe?"

„Noch nie." Es war wahr, und Cole wusste es. Cole hatte plötzlich ein ungutes Gefühl. „Wyatt, was hast du getan?"

„Was immer ich tun musste. Erinnerst du dich, dass ich auch bei Seths Hochzeit war?"

Das war merkwürdig. „Hallo? Natürlich."

„Hallo ist richtig. Ich hab fast den ganzen Abend neben dir gestanden, erinnerst du dich?"

„Ja, was hat das damit zu tun?"

„Du warst die meiste Zeit des Abends nur körperlich da. Und dann ist Susan reingekommen. Zum ersten Mal seit langer Zeit habe ich Leben in deinen Augen gesehen, als du und der Doc euch angestarrt habt. Ich fand das auf jeden Fall interessant."

„Sieht dir ähnlich", sagte Cole gedehnt, konnte sich aber ein Lächeln nicht verkneifen. Die Turner-Männer stammten aus einer langen Reihe von Männern, die gerne „Lagerfeuergeschichten" erzählten. Wyatt konnte sich gegen die Besten der Besten behaupten und tat es oft im Gerichtssaal.

Das Problem war, dass das nicht der Gerichtssaal war. Das war sein Leben, und Cole war sich nicht ganz sicher, was er von Wyatts kleiner Geschichte halten sollte.

„Du musst sie um ein Date bitten. Ihr beide müsst reden."

„Nein."

„Bitte sie um ein Date, Cole. Nicht bei der Arbeit an der Klinik oder einem Viehtrieb. Lad sie an einen schönen Ort ein. Es wird dich daran erinnern, wie es ist, sich mit einer Lady in ein nettes Restaurant zu setzen und gutes Essen zu genießen."

Cole hatte eben mit Susan gegessen, und an dieser Erfahrung gab es nichts, was er als angenehm bezeichnen würde. „Wenn wir in ein Restaurant gehen würden, würde es wahrscheinlich in einem öffentlichen Feuerwerk enden. Nein, danke."

„Geh nicht, Cole." Wyatts Worte hallten aus dem Telefonhörer. Alles Necken war verschwunden. „Der Cole, mit dem ich aufgewachsen bin, war furchtlos und hartnäckig und hatte ein Herz, das zehnmal größer war als meins …. Bleib dran und beende, was du Susan zugesagt hast. Du kannst nicht weglaufen, wenn jemand dich braucht. Du hast das noch nie getan, und ich weiß, dass du es auch jetzt nicht tun wirst."

Cole senkte den Blick und schüttelte den Kopf. Manchmal hasste er es, dass sein Bruder ihn so gut kannte.

KAPITEL VIERZEHN

Die Mule Hollow Church of Faith war eine malerische, weiß getünchte Kirche, die gebaut worden war, als die älteren Leute der Stadt noch Kinder waren. Sie hatte Cole immer das Gefühl vermittelt, nach Hause zu kommen, wenn er durch die Tür gekommen war. Er konnte sich noch daran erinnern, wie er als Junge von seiner Mutter in die vierte Bank auf der linken Seite geschoben wurde, wenn sie ihre Familie zum Gottesdienst brachte. Sein Wirbel war mindestens viermal geglättet worden, bevor er ein Gesangbuch in die Hand bekam. Wenn der Pastor aufstand, um den Gottesdienst zu beginnen, hatte Wyatt bereits ein paar Witze erzählt, um Cole und Seth zum Kichern zu bringen … und ihr Vater hatte ihnen bereits „den Blick" zugeworfen, der besagte, dass sie sich aufrecht hinsetzen und sich benehmen sollten.

Erinnerungen an die Kirche waren von der guten Sorte.

Als er ans College gegangen war, hatte die Stadt die Farbe von ausgetrocknetem Karton gehabt, vom Wind zerzaust und am Rande der Existenz. Die Kirche hatte in Hochkonjunkturzeiten ungefähr hundertfünfzig Menschen Platz gegeben, damals war sie nicht einmal halb voll gewesen. Die meisten in seinem Alter hatten nicht vor, nach dem College nach Hause zu kommen. Es sei denn, sie waren wie Seth, der nie etwas anderes sein wollte als der Mann, der sein Erbe für die nächste Generation am Leben hielt. Leute wie Seth, Clint Matlock, Norma Sue, Esther Mae, Adela und ihre Ehemänner waren diejenigen gewesen, die die sterbende Stadt am Leben erhalten hatten, damit Leute wie er schließlich nach Hause kommen konnten.

„So viele Leute, ist das zu fassen?", sagte Applegate, der Seth in der Tür begrüßte und ihm das Mitteilungsblatt in die Hand drückte. „Die Gemeinde ist gewachsen, seit du das letzte Mal hier warst", polterte er, offensichtlich ohne sein Hörgerät, denn die halbe Kirche hätte ihn hören können, wenn Adela nicht am Klavier „Give me that old time religion" gespielt hätte.

„Ja, Sir, das sehe ich", sagte Cole und fuhr mit der Hand über den Wirbel, der entschlossen schien, alte Erinnerungen wieder aufleben zu lassen.

Seth trat neben ihn und grinste. „Deine Mutter hat auch immer mit deinem Wirbel gekämpft."

„Ja, ich habe ihn ziemlich gut gezähmt, aber wenn ich hier reinkomme, werden immer Erinnerungen wach."

„Ihr Jungs beeilt euch besser, sonst ist eure Bank weg."

„Wir warten auf Melody", sagte Seth. „Sie hatte während der Sonntagsschule Dienst in der Kinderkrippe _"

„Ich bin hier!", rief Melody und kam eilig die Stufen herauf. Ihre Wangen hatten einen hübschen Rosaton, und ihr dunkles Haar glänzte.

Cole beobachtete, wie Seth sie auf die Wange küsste und sie umarmte, als sie eine Hand auf das Herz seines Bruders legte und ihm etwas ins Ohr flüsterte.

„Im Ernst?", sagte Seth und sah erstaunt aus über das, was sie gesagt hatte.

„Es ist die Wahrheit. Sie hat es mir gerade gesagt", versicherte ihm Melody.

„Was habe ich gesagt?", bellte Applegate, nicht im Geringsten verlegen, weil er sich eingemischt hatte.

„Ihr werdet alle sehen. Es steht mir nicht zu, darüber zu reden."

„Aber du hast es Seth gesagt." Applegate runzelte seine Stirn über seinem faltigen dünnen Gesicht.

„Das liegt daran, dass er mein Ehemann ist und wir eine Einheit sind."

Cole dachte, Seth würde platzen, er sah so glücklich aus, als er Melodys Arm nahm. „Das ist das Schöne an der Ehe. Wir sollten zu unseren Plätzen gehen."

Er sah sich im Raum nach Susan um, fand sie aber nicht, als er ihnen den Gang hinunter zu einer leeren Bank folgte – nicht in der vierten, sondern in der fünften Reihe –, wie es schien, mochte sein Bruder Veränderung.

Er schüttelte Stanley, der mit Pollyanna und Nate Talbert in Reihe sechs saß, die Hand, und er schüttelte auch die von Nate. Er drehte sich gerade um, als er Susan durch die Hintertür kommen sah. Sie trug ein weinrotes Kleid, und als sie Applegate anlächelte, wünschte er sich, es hätte ihm gegolten – ein Wunsch, den er nicht hegen wollte. Die Vorstellung war wie ein Tritt in die Magengrube, so real, dass ihm für einen Moment die Luft wegblieb. Er drehte sich abrupt wieder um und starrte den Chor an. Er bestand hauptsächlich aus Cowboys und den Kupplerinnen. Esther Mae lächelte ihn an. Ihr rotes Haar war mit einem weißen Hut mit rosa Gänseblümchen gekrönt, die zu dem rosa Kleid passten, das sie trug. Doch es waren ihre funkelnden grünen Augen und ihr Opossum-Grinsen, die seine Aufmerksamkeit erregten. Neben ihr lächelte Norma

Sue in ihrem blau gestreiften Kleid so breit, dass ihre Pausbacken fast ihre Augen berührten. Er runzelte die Stirn, als er bemerkte, dass die hinter ihnen stehenden Cowboys ihre Augen auf Susan gerichtet hatten, als sie einen Platz fand.

Cole kniff die Augen zusammen und sah den Cowboy am Ende der Reihe an.

„Denkst du daran, ihn nach draußen zu zerren?", fragte Seth aus dem Mundwinkel. „Oder willst du Norma Sue und Esther Mae nur was zum Tuscheln geben?"

„Hm." Cole versteifte sich und sah, wie die beiden singenden Frauen ihn angrinsten. Okay, er hatte sie nicht mehr alle – was war in ihn gefahren?

„Ja." Seth kicherte. „An deiner Stelle würde ich das ein bisschen runterfahren."

Cole tastete nach einem Gesangbuch. War er eifersüchtig? Die Frage schwirrte die ganze Zeit in seinem Kopf herum. Um eifersüchtig zu sein, musste man Gefühle für jemanden haben. Hatte er die?

Pastor Allen stand auf dem Podium. Sein Blick schweifte über die versammelte Gemeinde, und er lächelte alle an. Seth war seit er hier übernommen hatte nicht mehr in der Kirche gewesen, doch er spürte die herzliche Ausstrahlung des älteren Mannes. „Wir haben heute Morgen eine aufregende Neuigkeit. Ashby und

183

Dan sind letzte Nacht ins Krankenhaus gefahren, und sie hat ein gesundes Mädchen zur Welt gebracht!"

Begeistertes Klatschen folgte.

„Die Gemeinde wächst. Das ist spannend. Und wie ihr alle wisst, wollen Lacy und Clint Matlock ein Baby und versuchen seit über einem Jahr, ihren Teil zum Aufbau der Gemeinde beizutragen. Lacy, warum sagst du es ihnen nicht selbst?"

Alle hatten sich bereits dem Paar zugewandt. Lacy strahlte, als sie in den Mittelgang trat. „Gott ist einfach so großartig. Wir bekommen endlich ein Baby!", rief sie und warf ihre Arme um Clint und küsste ihn.

Angesichts der guten Nachrichten quietschte Esther Mae wie ein Schulmädchen und Norma Sue auch. Sie eilten von der Empore zu Lacy und zogen sie in Umarmungen. Adela verließ ihre Bank und folgte ihnen. Sie hatte einen ausgesprochen zufriedenen Ausdruck auf ihrem zarten Gesicht, als sie Lacy in ihre Arme nahm und sie auf die Wange küsste.

Melody lehnte sich um Seth herum. „Das sind wunderbare Neuigkeiten! Sie wollte die alten Ladys hier damit überraschen."

Minuten später, nachdem sich alles beruhigt hatte, hielt der Pastor eine großartige Predigt darüber, wie man seinen Glauben auch in harten Zeiten bewahrte oder wenn das Leben nicht so verlief, wie man es sich vorgestellt hatte. Cole schluckte schwer, als ihm die Worte durch den Kopf gingen. Er hatte dem Herrn vertraut und kein Happy End bekommen … Oh, er hatte sein Leben weitergelebt, doch er würde niemals verstehen, warum die süße, temperamentvolle Lori so hatte leiden müssen und so jung gestorben war.

„Komm schon, Cole, bleib zum Mittagessen und zum Volleyball", sagte Norma Sue nach dem Gottesdienst und versperrte ihm den Weg zu seinem Truck.

„Tut mir leid, Norma Sue, aber ich habe keinen Hunger und habe außerdem seit Jahren nicht mehr Volleyball gespielt", wich Cole aus und beugte sich zu seinem Truck vor.

„Du kannst genauso gut ja sagen", sagte Seth. „Norma wird dich nicht gehen lassen. Erinnerst du dich nicht, dass sie jeden Cowboy, der sich durch diese Tür wagt, raus in diesen Sandkasten schleift? Gib auf, Bruder."

„Und außerdem", schnaubte Norma Sue, „erinnere ich mich, dass du früher ziemlich gut gespielt hast, also wird es bei diesem alten Mädchen nicht reichen, so zu tun, als wüsstest du nicht, wie es geht."

Das brachte ihn trotz der Unruhe, die die Predigt in ihm aufgewühlt hatte, zum Lächeln. „Ich habe nicht gesagt, dass ich nicht spielen kann. Ich habe gesagt, ich habe seit Jahren nicht mehr gespielt."

„Das ist wie Fahrradfahren."

Seth schmunzelte und genoss es, dabei zuzusehen, wie Cole die Diskussion verlor.

„Außerdem", fügte sie hinzu, „müssen wir die Neuigkeiten von Lacy und Clint feiern, und wenn du gehst, wäre das sehr unhöflich von dir."

Es wäre auch eine Ablenkung von den Erinnerungen. „Na gut, ich bleibe", sagte er gedehnt. „Aber seid gewarnt, ich werde nicht kampflos untergehen. Ich erinnere mich, dass du vielleicht klein bist, aber gut vorspielst und einen gefährlichen Aufschlag hast."

Über den Kopf von Norma Sue hinweg sah er Susan draußen auf dem Parkplatz in ihren Truck steigen. „Hey, ich sehe euch drinnen, wenn es euch nichts ausmacht." Er ging hinüber zum Parkplatz. Er musste mit Susan sprechen. Norma Sue und Seth blickten beide in ihre Richtung.

„Wir haben überhaupt nichts dagegen. Und fair ist fair", sagte Norma Sue. „Du schnappst dir das Mädchen und bringst sie hierher zurück."

„Ja, mach das", lachte Seth. „Und akzeptiere kein Nein als Antwort."

Cole nickte ihnen zu, machte auf dem Absatz kehrt

und joggte zu Susans Truck. Sie hatte den Motor bereits angelassen, und er klopfte auf die Heckverkleidung, um ihre Aufmerksamkeit zu erregen. „Hey, warte!", rief er und bedeutete ihr, das Fenster herunterzukurbeln. „Was denkst du, wo du hingehst?" Auf den weißen Kieseln blieb er stehen, lächelte sie an und stützte sich auf ihre Tür.

Sie hob die Hand, um ihre Augen vor der Sonne zu schützen, die hoch und hell hinter ihm stand. „Ich habe zu viel zu Hause zu tun, um zu bleiben und zu spielen."

Ihm entging der schroffe Ton nicht – und er verstand, dass sein Verhalten im Stall dafür verantwortlich war. „Nein. Wenn ich bleiben muss, dann musst du auch bleiben", sagte er und fühlte sich leichter, wenn er sie nur ansah, wissend, dass er ihr ein Lächeln aufs Gesicht zaubern wollte. Norma Sue hatte eine großartige Idee gehabt; ein Spieltag würde Susan guttun … und ihm. Es könnte ihm sogar helfen, einige der schweren Gedanken in seinem Kopf loszuwerden.

„Ohh nein. Ich bestimmt nicht."

„Okay, ich verstehe, dass mit mir abzuhängen das Letzte ist, was du tun willst. Aber komm schon, es ist Sonntag. Du solltest dich am Sonntag ausruhen, erinnerst du dich?" Er wollte ihre Tür öffnen, aber sie legte die Hand über das heruntergelassene Fenster und hielt sie fest. „Es wird lustig, und das weißt du.

Außerdem hat Norma Sue mir gesagt, ich soll dich nirgendwo hingehen lassen." Er zog die Tür auf, als sich ihre Augen in niedliche, flackernde Schlitze verwandelten. Er lächelte – konnte nicht anders. Mann, fühlte er sich plötzlich gut.

Ihre Schultern ließen leicht nach. „Cole. Ich habe wirklich keine Lust."

„Schau, wenn es wegen gestern Abend ist, du hattest recht, ich habe mich in deine Angelegenheiten eingemischt. Ich denke immer noch, dass du dich einem unnötigen Risiko aussetzt, aber das ist nicht meine Sache. Das ist dein Leben. Bleib bitte. Es wird dir guttun, und ich werde gehen, wenn du dich dadurch besser fühlst."

Sie stieß einen frustrierten Seufzer aus. „Sei nicht lächerlich. Es ist nicht nötig, dass du gehst. Ich werde bleiben." Sie stellte den Motor ab.

Er zog die Tür weit auf und streckte ihr die Hand entgegen. „Dann lassen Sie mich Ihnen helfen, Ma'am", sagte er gedehnt.

„Das schaffe ich schon allein", sagte sie und rutschte vom Sitz. „Und glaub mir, ein paar Minuten in diesem Match, und du brauchst meine Hilfe."

Susan sah zu, wie der Ball auf der anderen Seite des

Netzes auf Cole zuflog. Sie machte einen Schritt auf das Netz zu und schätzte ihre Abwehrbewegung gegen seine ab. Er trat aufs Netz zu und sprang dann in die Luft – sie verließ den Boden einen Sekundenbruchteil später mit erhobenen Armen. Gerade als er den Ball traf, schlug sie ihn direkt zurück – ohne, dass es ihm gelungen wäre, zu blocken. Er sah schockiert aus, als der Ball wie eine Kanonenkugel vor seinen Füßen landete.

„Das Mädchen kann spielen", bemerkte Cole grinsend.

„Du brauchst ihm nicht den Kopf abzuschlagen!", rief Applegate von der Seitenlinie, als Gelächter und lautes Pfeifen ausbrachen.

Susan ignorierte das alles, nur darauf bedacht, zu verhindern, dass Cole Turner punktete.

Sie hatte eigentlich nicht bleiben wollen, solange er hier war. Er hatte sie am Abend zuvor in der Scheune so wütend gemacht, dass sie kaum geschlafen hatte. Aber der Mann war wirklich süß, wenn er sie durch das Netz angrinste.

Als das Spiel wieder anfing, schnatterte die Stimme in ihrem Hinterkopf, wie sie es die ganze Nacht getan hatte – *er macht sich einfach Sorgen um dich.*

Es war schön, jemanden zu haben, dem man nicht egal war – oder zumindest hatte sie *geglaubt*, dass es schön wäre. Sie hatte nie darüber nachgedacht, wie die übermäßige Fürsorge ihres Mannes ihre Arbeit behindern könnte. Nicht, dass sie Cole auch nur im Entferntesten für den Job in Betracht ziehen würde – dennoch hatte es sie mehr als nur ein bisschen irritiert.

„Susan!", rief Esther Mae links von ihr. „Dein Ball! Dein Ball!"

Susan richtete sich ruckartig wieder auf und bemerkte den Ball, als er gerade an ihrem Kopf vorbeisauste. „Tut mir leid", seufzte sie.

„Wo bist du mit deinen Gedanken?", rief Stanley.

„Nicht auf ihrer Seite des Netzes", brummte App.

Susan sah ihn an. „Ich war nur für einen Moment in Gedanken –"

„Das haben wir gesehen", sagte Esther Mae. „Cole muss dir zugezwinkert haben, genau wie ich es ihm gesagt habe."

„Was?", fragte Susan und funkelte Cole an. Er grinste wie ein Schuljunge.

„Sie hat es vorgeschlagen, aber ich bin unschuldig. Ich habe ihr gesagt, ein Zwinkern von mir würde dich nur noch wütender auf mich machen und dann würdest du uns mit Sicherheit in Grund und Boden spielen."

Sie hob zustimmend eine Augenbraue. „Das hast du richtig erkannt."

Seine rauchblauen Augen leuchteten auf, und er schmunzelte. Freude füllte ihr Herz – unerwartet und ärgerlich. Sie wollte das nicht, aber es war, als könnte sie nicht anders.

„Spielball!", rief Norma Sue und hielt den Ball hoch, der das Spiel für Susans Team gewinnen würde, wenn Coles Team Normas Aufschlag nicht zurückspielte.

Obwohl sie eine kleine, rundliche Frau war, die Cowboystiefel, hochgekrempelte Jeans und ein Stirnband trug, aus dem ihre drahtigen grauen Locken quollen, war sie auf einem Volleyballplatz tödlich. Cole hatte nicht erwartet, dass das Spiel ein so großer Kampf werden würde.

Auf Norma Sues Seite des Netzes ging Susan in Position und warf ihm einen Blick zu – der, über den ihm in der letzten Stunde klar geworden war, bedeutete, dass sie ihm nichts schenken würde.

„Cole, pass besser auf!", rief Stanley von der Seitenlinie. „Es wäre peinlich, wenn sie zweimal hintereinander an dir vorbeikäme."

„Ja!", rief Lacy von den Esstischen. „Du solltest dich besser zusammenreißen, Cole Turner."

Seth lachte hinter ihm, und Esther Mae räusperte sich neben ihm. „Du kannst das, Cole. Wenn er diesmal zu mir kommt, werde ich dir aus dem Weg gehen. Ich will nicht, dass du mich noch einmal umwirfst."

Er sie umwerfen? – Cole sah sie überrascht an, und als sein Blick zu Susan zurückwanderte, funkelten ihre Augen – das war wenigstens gut. Zu Beginn des Spiels schien sie Schwierigkeiten gehabt zu haben, sich zu konzentrieren, doch dann war sie in Schwung gekommen, und er hatte Mühe gehabt, seine Position am Netz zu verteidigen. Sie war ausgezeichnet darin, den Ball zu blocken, und hatte ihn mehrmals beinahe auf den Kopf getroffen, wenn sie in die Luft gesprungen war und den Ball zurückgeschlagen hatte. Er war immer wieder abgelenkt, wenn er ihre fließende Anmut beobachtete.

Natürlich erfuhr er erst jetzt, dass sie ihr Studium mit einem Volleyball-Stipendium finanziert hatte – eine nette Geschichte, die ihm bisher irgendwie entgangen war.

Norma Sue warf den Ball hoch und schlug hart zu, sodass er direkt auf ihn zuflog – er war sich sehr wohl bewusst, dass es ein absichtlicher Schlag war, der ihn und Susan am Netz kämpfen lassen würde. Er und Susan sprangen gleichzeitig hoch, um den Schlag des anderen abzuwehren. Im nächsten Moment spürte er Wind an seinem Ohr, als sie den Ball direkt an ihm vorbei zurück zu Boden schlug.

Er grinste, als er landete. „Gut gemacht, Doc."

Sie lachte. „Gar nicht so schlecht, Cowboy."

„Ich denke, das bedeutet, dass der Verlierer dem Gewinner eine Limonade kauft", sagte er, als alle in einer Flut von Glückwünschen und Trostbekundungen um sie herumschwärmten.

Sie zögerte. „Ich denke, ich wäre kein guter Gewinner, wenn ich ein solches Angebot ablehnen würde."

„Da hast du recht. Nachdem du mich von den Socken gehauen hast, würde es ziemlich schlecht aussehen, nein zu sagen. Eigentlich denke ich, dass es Mittagessen sein sollte." Er dachte an das Date, das sie abgesagt hatte – das, auf dem sie jetzt wären, wenn gestern Abend nicht passiert wäre.

„Also sagst du ja?", fragte Cole und dachte, er hätte es falsch verstanden, da sie so schnell zugestimmt hatte.

„Nun, wenn ich ein guter Gewinner sein will, muss ich das wohl, oder?", sagte sie, als sie auf die Gruppe zuging, die sich um die Tische versammelt hatte.

Cole folgte ihr schnell. Er bewegte sich, als würde er einem wütenden Stier ausweichen, schoss vor ihr her und versperrte ihr den Weg. „Oh nein, das tust du nicht. Ich habe einfach viel zu hart für dieses Mittagessen gearbeitet und will heute kein Publikum mehr unterhalten."

Sie musterte ihn mit einem Anflug Misstrauen in ihren Augen. „Also, woran hast du gedacht?"

193

KAPITEL FÜNFZEHN

Susan hielt sich an Coles Taille fest und konnte nicht anders, als das Gefühl der Sonne auf ihrem Gesicht und den Wind in ihrem Haar zu genießen, als sie durch die wunderschöne Hügellandschaft fuhren. Mit Cole auf seinem Motorrad zu fahren, war das Letzte, womit sie gerechnet hatte … oder wo sie sein wollte. Oder nicht?

Sie blinzelte gegen den Wind an und hielt sich fester, als sie um eine Kurve bogen. Das Volleyballspielen hatte sie daran erinnert, dass sie nach Mule Hollow hatte ziehen wollen, um zu versuchen, ein neues Leben zu beginnen. Ein Leben zu *haben*. Nach dem Volleyball eine Ausfahrt auf einem Motorrad zu machen, war ein guter Anfang … Cole könnte recht haben. Es hatte viele Neckereien und Aufregung gegeben, als Adela und Lacy ihnen ein Lunchpaket zusammengepackt und sie auf den Weg geschickt hatten. Es war peinlich gewesen.

Als sie auf seine schwarze Harley zugegangen waren, hatte er sie angelächelt und sie zum Lächeln gebracht, als er ihr gesagt hatte, dass es schön gewesen war, ihr dabei zuzusehen, wie sie sich amüsierte, auch wenn es auf seine Kosten war.

Der Mann hatte etwas an sich – wenn er sich nicht wie ein herrschsüchtiger Idiot aufführte –, was sie ernsthaft zu ihm hinzog … es war gefährlich, das zuzugeben, aber es stimmte. Er war so anders als sein Bruder Seth. Susan hatte einmal gedacht, dass sie und Seth vielleicht ein tolles Paar abgeben würden. Seth war so gelassen und sich seines Platzes im Leben sicher, dass sie sich von dem Moment an, als sie anfing, in dieser Gegend zu arbeiten, großartig verstanden hatten und Freunde geworden waren. Er war in einer, wie sie dachte, ernsthaften Beziehung gewesen, und als er sie dann beendet hatte, war sie mit jemandem zusammen gewesen – natürlich hatte diese Beziehung auch nicht geklappt. Aber als sie beide Single gewesen waren und sie dachte, jetzt sei der richtige Zeitpunkt, hatte er sich in Melody verliebt. Sie hatte sich für ihn gefreut, auch wenn sie es für sich ein wenig schade fand. Sie konnte sich des Gedankens nicht erwehren, dass sie vielleicht den besten Mann verpasst hatte, den sie je gekannt hatte.

Der Mann, bei dem sie darauf hätte vertrauen

können, dass er niemals gehen würde … aber als sie ihn und Melody das erste Mal zusammen gesehen hatte, hatte sie gewusst, dass sie füreinander bestimmt waren. Sie passten perfekt. Es war dieses „Ding", diese unausgesprochene Verbindung, die jeder in der Nähe eines verliebten Mannes und einer verliebten Frau sehen konnte. Sie konnte nicht anders, als sich für sie zu freuen.

Als Cole bei ihrer Hochzeit hereingekommen war, hatte sie sofort gedacht: „Wow, das ist ein Mann."

Er war nicht wie sein Bruder, oh nein. Ein Blick auf Cole, und sie hatte das Gefühl, auf einem Drahtseil zu stehen. Bei Seth verspürte sie immer ein Gefühl des Trostes. Nicht annähernd vergleichbar mit den Purzelbäumen, die ihr Magen schlug, und dem Pochen ihres Herzens und dem Wir-gehen-über-den-Rand-der-Klippe-Gefühl, das sie hatte, wenn Cole in der Nähe war …

Dieser Eindruck hatte sich gefestigt und nur noch Fahrt aufgenommen, seit er nach Hause gekommen war. Mit ihm zusammen zu sein war immer wie eine Achterbahnfahrt. Aber es war alles an der Oberfläche.

Jetzt war sie also hier, mit der Sonne im Gesicht und dem Wind in ihren Haaren, als sie diesen Schritt unternahm, um ihn besser kennenzulernen. Sie hatte Angst … ihr Daddy hatte ihr immer gesagt, Angst sei ihre beste Freundin, wenn sie ihr half, voranzukommen. Susan hatte keine Ahnung, ob Vorankommen in dieser Situation gut war, doch sie war entschlossen, voranzukommen.

Sie musste herausfinden, ob dieser Funke, den sie spürte, wenn sie in seiner Nähe war, das war, was sie befürchtete …

Energie erfüllte Cole, als er die alten Steinstufen hinunter joggte, dorthin, wo sie auf dem großen, flachen Felsen stand, der ins Wasser ragte. Der Fluss schlängelte sich um den Felsen herum und Stromschnellen gurgelten und wirbelten, wo sich der Felsvorsprung auf beiden Seiten verjüngte. Susan schirmte ihre Augen ab und sah ihn an.

„Ich wusste nicht, dass das hier hinten ist", sagte sie erstaunt. „Kannst du dir vorstellen, was für eine willkommene Rast das für die Passagiere der Postkutsche vor hundertfünfzig Jahren gewesen sein muss, wenn die Kutsche endlich vor dem Haus angehalten hat?"

Er sah sich nachdenklich um und ließ die Schönheit und Zeitlosigkeit des Ortes auf sich wirken. „Ich habe oft daran gedacht. Als Kind bin ich immer hierhergekommen, wenn ich eine Pause gebraucht habe.

Dieser Ort ist etwas Besonderes."

„Ich kann dich mir hier gut vorstellen", sagte sie, und ihre Augen wurden vor Interesse schärfer. „Ich wette, du hast von allen möglichen Dingen geträumt."

Er steckte seine Hände in die Hosentaschen – die logische Art, sich davon abzuhalten, nach ihr zu greifen. Und das war plötzlich genau das, was er wollte, genau hier an seinem besonderen Ort. Er hatte noch nie jemanden hierher gebracht. Doch er hatte die Entscheidung getroffen, ihn mit ihr zu teilen, sobald sie zugestimmt hatte, mit ihm zu Mittag zu essen.

Er hielt die Plastiktüte hoch, die Adela ihm vor ihrer Abfahrt gegeben hatte. „Hungrig?"

„Ich kann nicht glauben, dass sie das so schnell, nachdem wir gesagt haben, dass wir eine Ausfahrt machen würden, zusammengepackt haben."

„Ich kann nur sagen, Adela und Lacy sind flinke Frauen." Er führte sie den breiten Felsen entlang bis zu einem weiteren Vorsprung, der ihnen einen guten Platz zum Sitzen bot. „Als Kind habe ich so getan, als wäre das meine Denkcouch."

Sie ließ sich mit einem Abstand zwischen ihnen für das Essen nieder. Dann rutschte sie zurück, sodass ihre Füße baumelten, und lehnte sich an den Felsen hinter ihr. „Das erinnert mich an ein Sofa. Alles, was es braucht, sind ein paar Kissen, um es ein bisschen bequemer zu machen."

Er nickte, als er zwei Flaschen Wasser, ein paar Truthahnsandwiches und eine große, halbvolle Tüte Chips aus der Tüte holte.

„Das sieht gut aus", sagte er.

Susan nickte. „Darf ich dich was fragen?"

„Schieß los." Sein Interesse stieg sofort durch das Zögern, das er in ihrer Stimme hörte.

„Wenn du hier gesessen hast, hast du je davon geträumt, eine Familie zu haben?"

Er legte das Sandwich auf die Serviette, die Susan gerade aus der Tüte genommen und vor ihm ausgebreitet hatte. Er ordnete seine Gedanken.

„Das habe ich nicht. Ich habe davon geträumt, ein Rodeostar zu sein und die Welt zu sehen. Ich habe mein Seil hierher gebracht und zum Rauschen des Wassers geübt."

„So was in der Art dachte ich mir", sagte sie, bevor sie in ihr Sandwich biss. Sie wandte den Blick ab und betrachtete das vorbeifließende Wasser.

„Aber die Dinge ändern sich."

„Inwiefern?"

„Erstens hätte ich nie gedacht, dass ich hier gebraucht werde. Ich liebe diesen Ort, das Land, die Tatsache, dass es all die Jahre in unserer Familie war. Ich liebe es, nach Hause zu kommen –"

„Aber du kommst kaum nach Hause. Ich meine, zumindest seit ich die Klinik gekauft habe und hier arbeite, warst du nie viel zu Hause."

Er grinste. „Du hast mich im Auge behalten, noch bevor du mich gekannt hast. Wow."

„Ha, das hättest du wohl gerne." Sie lachte. „Dass Seth dich das eine oder andere Mal erwähnt hat, ist der einzige Grund, warum ich überhaupt wusste, dass es dich gibt."

„Das muss dir nicht peinlich sein. Ich bin sicher, meine Mädels Norma Sue und Esther Mae haben mich bei fast allen Singlefrauen erwähnt, einschließlich dir. Sie sind immer auf der Suche nach einer passenden Partnerin für ihren verlorenen Lieblingssohn."

Sie schüttelte den Kopf. „So ungern ich deine Blase auch zum Platzen bringe, aber sie haben dich mir gegenüber kein einziges Mal erwähnt."

Er stieß einen übertriebenen Seufzer aus. „Und hier dachte ich, dass sie gebannt darauf gewartet haben, dass ich nach Hause komme, um mich niederzulassen."

„Oh, lass es dir nicht zu sehr zu Herzen gehen. Sie waren mit all den Cowboys beschäftigt, die hier leben."

„Das ist wahr. Trotzdem bin ich verletzt."

„Aber – es hätte so oder so nichts geändert. Oder?"

„Zu der Zeit, als ich weggegangen bin, hätte es das nicht getan. Das Rodeoteam am College war meine

Eintrittskarte, um mehr von der Welt zu sehen. Ich hatte nie vorgehabt, mein Zuhause für immer zu verlassen. Aber in meinem dritten Studienjahr –" Er musste innehalten, als ihn bei dem Gedanken an seine Begegnung mit Lori ungewollte Emotionen zu übermannen drohten.

Susan musterte ihn mit unverhohlener Neugier. „Was ist da passiert?"

„Da habe ich ein ganz besonderes Mädchen kennengelernt. Ihr Name war Lori und sie war in dem Jahr, bevor ich dazugekommen bin, im Rodeoteam." Nach all der Zeit fühlte es sich immer noch wie gestern an. „Sie war eine ausgezeichnete Barrel Racerin und die Schwester eines der Roper. Und, na ja, sie musste das Team verlassen, weil sie Krebs hatte. Das Team hat sie bewundert und ihr die meisten Ritte gewidmet. Obwohl ich sie damals noch nicht kannte, war sie jedes Mal, wenn wir irgendwo angetreten sind, im Geiste dabei."

Susan legte ihr Sandwich auf ihre Serviette und hörte regungslos zu. Er sah sie nachdenklich an, ihr gesundes Leuchten und ihre Vitalität im Gegensatz zu Loris fahler Hautfarbe, als sie sich kennengelernt hatten …

„Sie kam eines Tages in die Arena. Sie hatte schon länger überlebt, als die Ärzte ihr gegeben hatten. Sie dankte Gott für jede Sekunde, die sie lebte. Und sie glaubte, dass sie aus einem bestimmten Grund am Leben war – davon war sie überzeugt und hatte angestrengt versucht, herauszufinden, was es war." Cole atmete zittrig ein und erinnerte sich an diesen Moment, als wäre er keine halbe Stunde her.

„Sie hat mein Leben auf eine Weise verändert, die ich nie für möglich gehalten hätte. Sie war gebrechlich – so gebrechlich, dass ich dachte, sie müsste sich hinsetzen, um wieder zu Atem zu kommen, als sie die Rollstuhlrampe zu den Tribünen hinaufging."

„Was ist passiert? Hat sie es geschafft?"

„Ja. Sie hat es auf die Tribüne geschafft, sich auf die unterste Bank gesetzt und sich das Training angesehen. Ich habe mein Kalb eingefangen, doch als ich von meinem Pferd gesprungen bin, um es zu fesseln, hat sie einen Schrei ausgestoßen, und ich bin im Dreck ausgerutscht und zu Boden gegangen. Ich lag flach auf meinem Rücken im Dreck und hörte sie lachen. Zum ersten Mal in meinem Leben war es mir egal, dass ich das Kalb nicht gefesselt hatte." Er lächelte. „Ich konnte nur daran denken, rüberzugehen und das Mädchen kennenzulernen, von dem ich so viel gehört hatte." Er warf Susan einen Blick zu und lächelte, als er darüber nachdachte, wie es ihn berührt hatte, dieses herzliche Lachen einer so gebrechlichen jungen Frau zu hören.

„Sie muss ein tolles Mädchen gewesen sein."

Er schüttelte sich aus seiner Nostalgie. „Das war auch alles, was ich denken konnte. Ich meine, wenn jemand einen solchen Eindruck hinterlässt, wie sie es bei so vielen getan hat … das hat einfach mein Interesse geweckt."

„Also, was hast du getan?"

„Ich bin aufgestanden, habe mich abgestaubt, bin rübergegangen und … und ich habe ihr mein Herz geschenkt." Er schluckte schwer und bemerkte die Überraschung in Susans Gesicht. „Ja, kaum zu glauben, oder?"

„Du hast dich ver–" Ihre Stimme stockte, was ihn unvorbereitet traf. „Du hast dich verliebt?", fragte sie mit gedämpfter Stimme.

„Aber sowas von." Er stützte seine Ellbogen auf die Knie und ließ den Kopf hängen. „Als ich durch den Zaun in ihre Augen sah – mit diesen dunklen Ringen und tiefen Schatten, aber so … außergewöhnlich voller Leben – wusste ich, dass ich nie mehr derselbe sein würde."

Er war sich nicht ganz sicher, warum er das Bedürfnis hatte, Susan von Lori zu erzählen, aber es fühlte sich gut an, mit jemandem zu reden. Warum sie? Vielleicht war es so, damit sie aufhörte und weniger

Risiko mit sich selbst einging. Ihr Leben oder die Qualität dieses Lebens nicht als selbstverständlich hinnahm.

„War sie geheilt? In Remission?"

„Nein." Er schüttelte langsam den Kopf, als er Susans geschockten Blick festhielt. Sicher konnte sie nicht glauben, dass er die Fähigkeit zu so etwas hatte – er hatte es selbst nicht gewusst. Mitgefühl für jemanden in dieser Situation zu empfinden war eine Sache, sich von einem Moment auf den anderen zu verlieben – manche würden sagen, das war verrückt. Und sie hatten es oft gesagt. Er fuhr fort, auch wenn es schwer war, über Details zu reden. „Wir hatten drei Monate. Die Leute haben mich verrückt genannt. Wer würde eine Beziehung mit jemandem anfangen, der an der Schwelle des Todes steht? Wenn ich könnte, würde ich es niemandem wünschen. Aber für mich würde ich es nicht ändern wollen. Lori war das Beste, was mir je passiert ist."

Susans schmerzerfüllte Augen bohrten sich in ihn, doch sie sagte nichts.

„Sie hat mir gezeigt, was wichtig ist. Schau, ich habe das alles noch nie jemandem erzählt. Ich weiß nicht genau, warum ich dich hierher gebracht habe, um dir das zu sagen, aber ich habe es getan. Das Leben ist kostbar. Du solltest es genießen und auf dich Acht geben. Es gibt mehr im Leben als deine Karriere. Nimm nicht alles als selbstverständlich hin."

Susans Herz hämmerte bei Coles Worten. Der Mann hatte sich in eine todkranke Frau verliebt – eine herzzerreißende Geschichte. „Was hast du getan?"

Er rieb sich nachdenklich das Knie, während er in die Vergangenheit zu reisen schien. „Ich hatte mir das Knie verletzt und hatte bei meinen Rodeo-Events zu kämpfen. Es sah aus, als würde mein Traum scheitern, und es hat mich zerrissen. Doch nach dem Treffen mit Lori war es nicht mehr wichtig. Ich fing an, die Dinge in Bezug auf ihre Wichtigkeit schwarz auf weiß zu sehen. Was es noch schwieriger macht, mit dem umzugehen, was nach ihrem Tod passiert ist …

Ich habe dichtgemacht, und eine Zeit lang war mir nichts wichtig, überhaupt nichts. Wenn ich jetzt an diese Wochen denke, schäme ich mich, weil ich das Gefühl habe, sie enttäuscht zu haben. Sie wollte, dass ich sie gehen lasse. Sie war auf den Tod vorbereitet. Doch selbst mit diesem Wissen konnte ich das nicht –" Er verstummte abrupt und wandte den Kopf von ihr ab.

Susans Herz brach für ihn. Sie wollte ihn trösten, seine Schulter berühren, irgendetwas, aber sie konnte sich nicht bewegen.

„Ich konnte nicht verstehen, wie jemand so Wunderbares so viel durchmachen musste", sagte er, seine Worte härter, seine Augen ausdruckslos, als er sich wieder ihr zuwandte. „Ich verstehe es immer noch nicht. Es ist ein Teil des Lebens, den ich nicht verstehe." Er schüttelte den Kopf. „Aber das ist nicht der Grund, weshalb ich angefangen habe, dir das zu erzählen. Ich wollte dich nur wissen lassen, dass du mehr auf dich achten musst. Mach mehr wie das hier. Volleyball spielen, lachen. Stell dir einen Assistenten ein, der dich begleitet, wenn du zu Notfällen fährst. Du solltest nicht so stur sein."

Darum ging es also bei alldem – er hatte diesen Assistenten so reibungslos einfließen lassen. Worauf genau hatte sie gehofft?

Mehr.

Der Mann hatte ihr gerade einen Blick in sein Herz erlaubt und sogar gesagt, dass er das nicht mit vielen Menschen tat. Niemand in der Stadt, außer vielleicht Seth, kannte diese Seite von ihm. Sie hätte etwas davon gehört … sie erinnerte sich, dass Norma Sue gesagt hatte, sie dachte, ihm sei etwas zugestoßen, aber sie wisse nicht, was. Jetzt wusste es Susan, und sie fühlte sich berührt, sogar geehrt, dass er ihr etwas so Persönliches anvertraut hatte. Er hatte gerade beschrieben, wie er Lori in einem einzigen Augenblick sein Herz geschenkt hatte. Er hatte es getan, obwohl er gewusst hatte, dass er nach ihrem Tod eine schreckliche Leere erleiden würde. Doch offensichtlich hatte er sich ihr nicht anvertraut, weil er sich ihr verbunden fühlte …

Oh nein, kaum. Sie blinzelte und wandte den Blick von ihm ab. Hatte sie wirklich geglaubt, dass die Tatsache, dass er ihr das erzählte, mehr bedeutete? Und warum, oh, warum kümmerte es sie? Sie wusste, dass er nur versuchte, seine Erfahrung zu nutzen, um sie dazu zu bringen, langsamer zu machen und einen Assistenten einzustellen.

„Du willst wissen, warum ich so stur bin?", fragte sie, eher enttäuscht als verärgert über seine fortwährenden Predigten über ihr Leben. „Ich verstehe die Leere, die du empfindest. Ich habe nicht ganz dasselbe erlebt, aber dennoch ist es schwer, Menschen zu verlieren, die man liebt. Meine Mutter ist bei meiner Geburt gestorben. Sie war fünfundvierzig. Sie hatten sich so sehr ein Kind gewünscht, aber Jahre zuvor aufgegeben, und als sie erfahren hatte, dass sie schwanger war, war sie außer sich vor Freude gewesen. Der Arzt hatte ihr wegen einiger Komplikationen empfohlen, mich aufzugeben, doch sie weigerte sich. Sie hat im Grunde ihr Leben gegeben, um mich auf diese Welt zu bringen." Die bloße Vorstellung hatte sie als Kind überwältigt. Ihre Mutter hätte nicht für sie sterben müssen. Aber sie hatte sie so geliebt.

Cole nahm ihre Hand. Der Kontakt war so unerwartet, dass es ihr den Atem nahm.

„Das tut mir so leid", sagte er, und seine rauchblauen Augen nahmen die Farbe des grauen Himmels vor dem Regen an.

Susan spürte seine Aufrichtigkeit, und als sie ihm in die Augen sah, fühlte sie sich getröstet. „Danke." Seine Hand schloss sich fester um ihre, und sein Daumen streichelte beruhigend ihre Haut. „Mein Vater und ich waren alles füreinander. Er war jedoch fünfzehn Jahre älter als meine Mutter, und er hatte das Gefühl, dass ich in der Lage sein musste, auf eigenen Beinen zu stehen, falls ihm etwas zustoßen sollte. Er ist gestorben, kurz nachdem ich die Highschool abgeschlossen hatte und kurz davor war, ans College zu gehen. Obwohl er mich vorbereitet hatte, musste ich doch noch viel lernen." Als sie daran dachte, wie hart diese Jahre gewesen waren, fühlte sie sich wegen ihrer Sturheit nicht schlecht. Sie war allein gewesen und hatte getrauert, als sie ans College gegangen war. Sie hatte alle Erwartungen ihres Vaters gespürt und sich gleichzeitig so schrecklich verloren gefühlt. „Ich bin aus einem bestimmten Grund stur und entschlossen und getrieben, Cole. Ja, ich ziehe in die Stadt, um zu versuchen, eine bessere Balance in meinem Leben zu finden. Aber ich kann nicht ändern, wer ich bin." Und genau das würde er von ihr verlangen – sie zog ihre Hand aus seiner. „Ich bin das Kind, das mein Vater großgezogen hat. Deine Geschichte zu kennen hilft mir zu verstehen, warum dich das stört. Aber ich werde meinen Vater in meinem kurzen Leben stolz machen." Sie stand auf, zu besorgt, sitzen zu bleiben. „Ich denke, wir sollten jetzt zurückfahren."

Sie hatte ihm zu viel offenbart und wusste, dass es einfach das Ergebnis zweier langer Tage … zweier langer Wochen gewesen war. Das war alles.

Wenn er sich beeilte, würde er Ende nächster Woche mit der Klinik fertig sein, und dann würde er weiterziehen. Dann würde er weg sein. Zurück zu dem altruistischen Leben, das er gewählt hatte, nachdem er die Liebe seines Lebens verloren hatte.

Alles, was sie tun musste, war, nicht daran zu denken. Nicht daran zu denken, wie gerne sie diejenige wäre, die ihm den Schmerz nahm, den sie in seinen Augen gesehen hatte, als er von Lori gesprochen hatte.

KAPITEL SECHZEHN

„Wie geht's?", fragte Sam am Dienstagmorgen, als Cole mit Seth das Diner betrat. Applegate und Stanley mischten sich sofort von ihrem Platz am vorderen Fenster aus ein. Sie riefen ein „Hallo" und beugten sich etwas vor, um sicherzustellen, dass ihre Hörgeräte alle Gesprächsfetzen einfingen.

„Frag nicht", sagte Seth. „Cole könnte dir den Kopf abbeißen."

Cole warf ihm einen mürrischen Blick zu, als er sich auf einen Hocker setzte. Er hatte das Diner am Montag gemieden, weil er wusste, dass die alten Männer ihn verhört hätten. Das hatten bereits Norma Sue, Esther Mae und Adela getan. Die drei älteren Damen hatten am Montagmorgen gleich früh die Klinik besucht. Sie hatten nicht einmal versucht, ihren wahren Grund für ihren Besuch zu verschleiern, und hatten sofort damit begonnen, ihn wegen des Sonntagnachmittags auszuhorchen.

Er hatte ihnen wenig erzählt. Was gab es zu erzählen? Dass er sich Susan gegenüber geöffnet hatte und das völlig falsch rübergekommen war? Sie hatte wegen Lori Mitgefühl mit ihm gehabt, aber nicht verstanden, warum er es ihr gesagt hatte … er war sich nicht sicher, ob er den Grund ganz verstand.

Das Letzte, was er erwartet hatte, war, dass sie ihm von sich erzählte. Er hatte keine Ahnung gehabt, was sie durchgemacht hatte, und er bezweifelte ernsthaft, dass irgendjemand in der Stadt wusste, dass sie alle, die ihr nahegestanden hatten, verloren hatte … und das so früh in ihrem Leben. Kein Wunder, dass sie so unabhängig war.

„Ich bin fast fertig mit der Klinik, falls du das meinst", sagte Cole.

Applegate spuckte einen Sonnenblumenkern in den Spucknapf. „Ich habe gehört, Susan war gestern fast die ganze Nacht unterwegs", polterte er. „Sie ist von einem Notfall zum nächsten durch die Gegend gefahren. Hast du sie gesehen?"

„Nein. Sie ist nicht vorbeigekommen."

„Das ist nicht gut!", schrie Stanley quer durch den Raum.

Sam stellte Tassen vor Cole und Seth ab. „Nein,

sicher nicht."

„Sie ist beschäftigt. Das ist ihr Job", fauchte Cole und sah zu, wie Sam seinen Humpen mit Kaffee füllte. „Danke", brummte er. Er trank einen vorsichtigen Schluck. Schwarz und ätzend brannte der Kaffee in seiner Kehle und fühlte sich wie Säure in seinem Magen an. Er trank einen weiteren Schluck.

„Sie ist sicher beschäftigt, aber –" , sagte Sam gedehnt. „Es ist immer noch nicht gut, dass sie sich so verausgabt. Das kleine Mädchen tanzt ganz nah am Abgrund, wenn du mich fragst."

Cole hätte ihm nicht mehr zustimmen können. Er war nicht der Einzige in der Stadt, der glaubte, dass sie sich in gefährliche Situationen brachte. Oder, dass sie stur war. Oder jemanden brauchte, der auf sie aufpasste. Sie mochte Tierärztin sein, aber sie war eine Frau, und egal, was sie sagte, er glaubte nicht, dass es für sie sicher war, nachts allein durch das County zu fahren.

Sexistisch – das dachten manche vielleicht über seine Einstellung –, doch für ihn war es einfach eine simple Tatsache, dass jede Frau, die ihm etwas bedeutete, verstehen musste, dass er sie jederzeit beschützen würde. Wer würde nachts bemerken, wenn sie nicht nach Hause zurückkehrte, nachdem sie zum Notfall gerufen wurde? Wer würde wissen, dass sie in Schwierigkeiten geraten war, bis sie nicht zur Arbeit erschien? Wenn sie einen Unfall hatte? Er zwang seine Gedanken von ihren Entscheidungen weg. Oder zumindest versuchte er es. Er hatte das Gefühl, langsam von dieser Frau besessen zu sein. Sie schien Betty nahe zu stehen, aber sie lebte immer noch in Ranger.

„Erde an Cole", sagte Sam und füllte Coles Kaffee auf. „Hat sie gesagt, wann ihre neue Ausrüstung ankommt? Soweit ich weiß, hat sie ihre andere Praxis wirklich gut verkauft. Es kommen ganz neue Sachen für die neue Klinik."

„Ich weiß nicht, ob es alles ist, aber was auch immer kommt, es soll am Samstag geliefert werden. Ich arbeite daran, alles dafür vorzubereiten."

Applegate stand auf und schlenderte zum Tresen. Er bewegte sich langsam und hinkte.

„Stimmt was nicht, App?", fragte Cole, der bemerkte, wie sich der ältere Mann bewegte. Stanley spuckte mehrere Sonnenblumenkerne in den Spucknapf. „Wir haben Norma Sue geholfen, ein paar widerspenstige Babykälber mit der Flasche zu füttern."

Stanley lachte. „Einer von ihnen hat gestern dem alten App einen Tritt verpasst."

App grunzte. „Es tut immer noch weh. Das Kalb hat sich entschieden, eine Ziege zu sein, und versucht, mich umzumähen."

„So ist es", bestätigte Stanley. „Wenn Norma Sue

es nicht gepackt hätte, hätte das kleine Biest ihn glatt aus der Stadt gekickt."

„Na, das ist jetzt eine Vorstellung", sagte Sam und wischte die Theke ab.

Cole schmunzelte, als er ihnen zuhörte. Sie zogen einander immer auf. Doch da sie alle seit sechzig Jahren oder länger befreundet waren, sah es nicht so aus, als würden sie sich jemals wirklich streiten.

„Also, wann ziehst du wieder her, Cole?", fragte App und überraschte Cole mit dem plötzlichen Themenwechsel.

„Ich habe ihm gesagt, dass ich ihn brauche", sagte Seth.

Cole warf ihm einen harten Blick zu. „Meine Arbeit macht mir Spaß."

„Hmpf", schnaubte Sam. „So wie ich gehört habe, hast du nicht einmal ein Zuhause, das du dein Eigen nennen kannst. In einem Hotelzimmer zu leben ist auf Dauer nichts für einen Mann. Vor allem, wenn er zu Hause Verantwortung hat und einen guten Grund, dort zu sein. Dein Bruder ist frisch verheiratet – du solltest an ihn und an dich denken."

„Stimmt. Mach es so wie ich und dieser alte Kauz hier", sagte Stanley und sprang über mehrere von Apps Steinen. „Denk daran, Wurzeln sind gut. Besonders, wenn man Kinder großziehen will."

„Das habe ich ihm auch gesagt", sagte Seth.

Cole trank schweigend seinen Kaffee und ließ sie reden.

Ein paar Minuten später, nachdem Cole und Seth es vermieden hatten, ihre Fragen zu beantworten, verließen sie das Diner. Natürlich wusste Cole, dass Wurzeln gut waren. Leute um sich zu haben, die sich um einen sorgten und die einen so gut kannten, dass sie einem alles sagen konnten, mochte ihn manchmal verrückt machen, doch zu wissen, dass diese Leute sich um ihn sorgten, war ein schönes Gefühl. Das war das Herz von Mule Hollow.

„Manche Dinge ändern sich nie", sagte er, als er in Seths Truck stieg.

„Oh nein. Das ist ein gutes Gefühl, nicht wahr?" Seths Augen unter seinem Stetson waren ernst.

Cole schnaubte. „Du gibst dir wirklich große Mühe, mich hier zu halten, nicht wahr, Bruder?"

„Du weißt, dass ich das tue. Ich will dich hier haben, Cole. Schlicht und einfach. Es geht nicht nur darum, dass ich dich auf der Ranch brauche. Hier gehörst du hin. Du hast immer gesagt, du kommst nach Hause, um eine Familie zu gründen. Also komm nach Hause. Lass dich nieder. Finde eine gute Frau und gründe diese Familie. Lori hätte das für dich gewollt, und das weißt du auch."

Cole wollte darauf nicht eingehen und doch … es war unvermeidlich.

„Und was ist mit Susan?", stupste Seth ihn an. „Wenn ich mich nicht irre, ist da was, oder?"

„Fahr los, Seth."

Seth schlug auf das Lenkrad. „Hab ich's doch gewusst", sagte er. Er ließ den Truck an und fuhr zurück. „Wovor fürchtest du dich?"

„Gar nichts."

„Das ist eine Lüge, und das weißt du. Komm schon, Cole. Sprich mit mir."

„Ich habe Verpflichtungen –"

„Du und ich wissen beide, dass du nichts am Laufen hast, aus dem du nicht rauskommen würdest. Und außerdem, selbst wenn, ist es einfach genug, zu planen, nach Hause zu kommen, sobald du damit fertig bist."

Es war wahr. Er hatte soweit alles erledigt, bevor er hergekommen war, doch es gab noch viel zu tun. „Du weißt genauso gut wie ich, dass ich das Leben, das ich führe, jederzeit hinter mir lassen kann. Aber das heißt nicht, dass ich das will."

Seth warf ihm einen irritierten Blick zu. „Warum, weil eine Rückkehr nach Hause bedeuten würde, dass du an Verpflichtungen gebunden wärst, von denen du dich nicht so leicht lösen kannst? Du wirst nie Frieden finden, wenn du nicht Stellung beziehst, Cole. Du musst aufhören, davonzulaufen."

Es würde auch bedeuten, dass er in der Stadt sein würde – in der Nähe von Susan … seit Sonntag war er sich nicht sicher, ob das eine gute oder eine schlechte Sache war. „Draußen auf der Straße kann ich die meiste Zeit glücklich sein…. Ich komme klar. Ich helfe Menschen." Und die Gefühle, die von Zeit zu Zeit hochkamen, ließen sich leicht beiseiteschieben und ignorieren, wenn er daran arbeitete, die Probleme anderer Menschen zu lösen. „Für mich ist das eine gute Lebenseinstellung. Doch hier? Wenn ich ehrlich bin, Seth, ich weiß nicht, wie es hier wäre. Ich weiß nicht, ob ich damit umgehen kann."

Und Susan. Nun, Susan verkomplizierte die Situation um einiges.

Seth lenkte den Truck an den Straßenrand. „Cole, du kannst alles schaffen. Du kannst diese Angst oder Traurigkeit oder was auch immer überwinden. Du bist nicht allein. Ich weiß, ohne dass du es mir sagst, dass du Gott die Schuld dafür gibst, dass er dir Lori genommen hat. Und ich weiß, dass du dich machtlos gefühlt hast, als du es mitansehen musstest. Aber Cole, du musst wissen, dass du es verdienst, darüber hinwegzukommen und auch ein Leben zu haben. Eines, das um Wurzeln und eine Familie herum aufgebaut ist und nicht von Wut und Traurigkeit und Leere getrieben wird. Du bist mein kleiner Bruder, und ich habe dich gesehen, als wir Mom und Dad verloren haben. Wenn du verletzt bist, schluckst du es herunter. Du hältst die Fassade aufrecht – du lächelst und scherzt, aber es ist da. Und die Wahrheit ist, es ist Zeit, damit aufzuhören."

Es war sieben Uhr abends, als Susan in ihre neue Einfahrt einbog. Cole hatte angerufen, um zu sagen, dass er ihre Hilfe bei etwas brauchte, aber er hatte ihr nicht verraten, was es war. Sie war fast die ganze Nacht unterwegs gewesen und hatte sich durch den Tag geschleppt, doch ihre Energie schoss dramatisch in die Höhe, als sie ihn in der Tür stehen sah.

Seit Sonntag hatte sie fast ununterbrochen an ihn gedacht. Doch sie war weggeblieben. Sie wollte die Frau sein, die ihm den Schmerz nahm, den sie in seinen Augen gesehen hatte. Es war gefährlich, darüber nachzudenken.

Er trug heute seinen Werkzeuggürtel – eine Erinnerung daran, dass er für sie arbeitete. Ein Stoppelbart ließ ihn aussehen, als hätte er genauso viele Stunden gearbeitet wie sie. Sein welliges braunes Haar lockte sich unter der Ballkappe, und seine Augen schienen aufzuleuchten, als sie näherkam. Sie konnte nicht anders, als zu denken, dass das Klügste, was sie tun konnte, darin bestand, wieder in ihren Truck zu steigen und ganz schnell in die entgegengesetzte Richtung davonzufahren.

Doch sie war kein Feigling. Oder zumindest war sie nie einer gewesen.

„Hi", sagte sie und lächelte, fühlte sich jedoch unsicher wegen all dem, was sie ihm über ihre Vergangenheit offenbart hatte. Sie war immer noch erstaunt, dass sie das getan hatte.

„Ich bin froh, dass du es endlich geschafft hast. Wie ich höre, hast du die letzten vier Tage viel zu tun gehabt."

Sie war nicht sicher, ob ihm klar war, dass sie ihm aus dem Weg gegangen war, oder ob er wirklich dachte, dass sie nur beschäftigt gewesen war. „Sehr. Also, was gibt's?", fragte sie.

Er trat zur Seite und ließ sie in das Gebäude eintreten. Der stechende Geruch von Beize und Lack schlug ihr entgegen. Es war nicht stark genug, um ihr Tränen in die Augen zu treiben oder sie aus dem Gebäude zu verjagen, doch er war da und machte sich bemerkbar.

„Du siehst – ich, also, ich hatte eine Idee, über die ich deine Meinung hören wollte."

Sie lächelte fast darüber, wie er es sich verkniffen hatte, ihr zu sagen, dass sie müde aussah. Denn es war mehr als offensichtlich, dass er genau das dachte. Dass er sich dafür entschieden hatte, es nicht auszusprechen, war gut, also tat sie so, als hätte sie es nicht bemerkt, während sie ihm zum Empfang folgte.

Der Wartebereich sah fantastisch aus. Die Wände aus Zedernholz waren wunderschön, und die Möbel, die er aus Kiefernholz gebaut und klar lackiert hatte, passten perfekt. Er hatte ihre Theken aus dem gleichen Holz gemacht, und alles sah schön rustikal aus.

„Ich muss noch die Toiletten und einige Schränke im Medikamentenlager und der Praxis fertigmachen. Der Empfang ist allerdings fertig, abgesehen vom Klarlack an der Vorderseite des Tresens. Ich habe damit gewartet, weil ich die Idee hatte, ein paar Brandmarken anzubringen. Was hältst du davon?"

„Das hört sich interessant an. Du meinst die Brandmarken verschiedener Rancher aus der Gegend ins Holz brennen?"

„Genau!" Er strahlte sie an. „Ich wusste, dass du verstehen würdest, was ich meine. Was denkst du?"

„Die Idee ist toll. Sie gefällt mir." Sie erwiderte sein Lächeln, und die Zeit stand still zwischen ihnen. Konzentrier' dich, Mädchen, konzentrier' dich.

„Gut", sagte er. „Ich hatte das Gefühl, dass es dir gefallen würde. Komm mit", sagte er und ging dann zu den Türen, die in den hinteren Bereich führten. „Ich habe mir die Freiheit genommen, ein paar Eisen auszuleihen, und dachte, da es deine Praxis ist, solltest du die Ehre haben, das erste Brandmal zu setzen."

Oh wow – wenn das nicht aufmerksam von ihm war? Ein warmes Gefühl der Freude erfüllte Susan, und sie brachte die kleine Stimme zum Schweigen, die in ihrem Kopf „*Konzentrier' dich*" zeterte. Er hatte mehrere Brandeisen in einem Gasheizgerät erhitzt, und sie zog sie nacheinander heraus und erkannte die Marken.

„Ich liebe diese Idee wirklich." Es schien der einzige Satz zu sein, den sie im Moment herausbringen konnte.

„Ich nehme an, du hast schonmal eins benutzt?"

„Nicht wirklich."

„Im Ernst?"

„Ja, ich mache das nicht. Manche Tierärzte tun es, manche nicht."

„Kein Problem. Ich zeige dir, wie es geht."

„Wirklich – das klingt großartig", sagte sie und biss sich auf die Zunge, bevor sie sich noch einmal wiederholte.

Er grinste. „Dann sollten wir uns an die Arbeit machen. Fährst du heute Abend zurück nach Ranger?"

Sie hörte das „das musst du nicht" am Ende, obwohl er die Worte nicht sagte. „Nein. Ich übernachte hier im Haus."

„Das ist gut, auch wenn das hier nicht länger als ein paar Stunden dauern sollte. Hoffentlich hast du keine Notrufe und kannst dich danach ausruhen."

Der Mann hatte es versucht, es aber keine fünf Minuten geschafft. Doch anstatt sie so zu irritieren wie zuvor, spürte sie, wie dieselbe Freude sie durchströmte. Er schien sich wirklich Sorgen zu machen, dass sie sich überarbeitete – wenn sie sich ein wenig entspannte, konnte sie zugeben, dass es ein schönes Gefühl war. Oder nicht?

„Mit welchem Eisen willst du anfangen?", fragte er.

„Ist Triple T da drin?", fragte sie, da sie wusste, dass das die Marke der Turner Ranch war.

„Genau hier." Er zog es aus dem Heizgerät und reichte es ihr.

„Dann soll es das sein, weil es deine Idee war und weil du mir aus der Klemme geholfen hast."

„Ich liebe diese Idee wirklich", sagte er, und seine Augen funkelten, als er die Art und Weise nachahmte, wie sie die Worte gesagt hatte.

Sie mochte die neckende Seite an ihm. „Wo ist Cole und was haben Sie mit ihm gemacht?", fragte sie.

Er griff nach einem Brandeisen, und sein Lächeln verblasste. „Das bin alles ich. Ich kann viel Spaß haben, wenn ich mich nicht in die Angelegenheiten anderer einmische." Sein Mundwinkel zuckte wieder nach oben. „Doch wenn eine Lady nicht auf sich selbst aufpasst, fällt es mir schwer, den Mund zu halten."

Sie dachte an Lori und fragte sich, ob er es auch tat. „Ich denke … das ist eine irritierende, aber lobenswerte Eigenschaft –"

Seine Augenbrauen schossen überrascht nach oben. „Susan? Bist du das?"

Sie lachte kurz über seine Bemerkung. „Das heißt nicht, dass ich es mag, herumkommandiert zu werden", warnte sie ihn und warf ihm einen Blick zu, „aber ich weiß, dass du es gut meinst."

„Das tue ich, Susan."

Sie hörte die Aufrichtigkeit in seinen Worten und glaubte ihm. Ihr Herz stockte, als ihr klar wurde, wie sehr sie glauben wollte, dass sein Verhalten ihr gegenüber von mehr als nur Fürsorge motiviert war.

Sie holte tief Luft und betrachtete das Brandzeichen in ihrer Hand. Es war an der Zeit, die Richtung des Gesprächs zu ändern oder das Risiko einzugehen, ihre Gefühle offenzulegen.

„Bist du okay?", fragte er.

„J-ja. Ich denke, das Eisen ist kalt geworden." Sie bemühte sich, normal zu klingen, doch das war schwer, wenn sie das Gefühl hatte, die Kontrolle über ihr Herz zu verlieren.

KAPITEL SIEBZEHN

Cole starrte Susan an und fühlte sich hilflos. Die Idee mit den Brandmarken war ihm am Tag zuvor gekommen, nachdem er und Seth sich kurz unterhalten hatten. Er war so schlecht gelaunt gewesen, dass er auf keinen Fall Zeit mit Susan hatte verbringen wollen. Nein, er hatte vorgehabt, ihr um jeden Preis aus dem Weg zu gehen, bis er den Job beendet und sich auf den Weg gemacht hatte. Was nächste Woche sein würde – es sei denn, er würde früher fertig werden.

Doch diese Idee war zu gut, um darauf zu verzichten. Als sie ihm gekommen war, hatte er gewusst, dass er mit dem Lack warten und Susan anrufen musste, um ihre Meinung einzuholen.

Als er sie jetzt ansah, war der Impuls, sie in seine Arme zu ziehen, fast zu stark. Er wich zurück. Er würde gehen. Es konnte nicht gut sein, das zwischen ihnen zu erkunden. Das wollte er nicht. Er wollte sie nur beschützen. Und ihre Klinik fertigbekommen.

Sie musste das Brandeisen wieder in das Heizgerät stecken, um es aufzuheizen.

„Also, wie funktioniert das?", fragte Susan noch einmal, während sie warteten, und klang, als ob sie nach etwas suchte, um die peinliche Stille zwischen ihnen zu füllen.

Cole ging mit, er brauchte die Ablenkung. „Wenn du das Brandeisen auf das Holz drückst, musst du es ruhig halten. Halte den Druck gleichmäßig, und es macht die Arbeit von allein. Es ist ganz einfach. Bereit?"

Sie nickte.

„Dann lass uns das machen." Er zog das Brandzeichen aus dem Heizgerät und reichte es ihr. Ihre Finger streiften einander, und ihre Blicke begegneten sich. Er ließ sofort los. Als sie wieder in den Wartebereich gingen, hielt er ihr die Tür auf. „Ich bin froh, dass du gekommen bist", sagte er, unfähig, ihr nicht die Wahrheit zu sagen.

Sie hielt inne, ihre Augen waren ernst. „Ich auch. Ich hätte mehr rauskommen sollen. Ich – ich wollte dich während des Projekts nicht ignorieren, aber ich – na ja –" Sie schluckte schwer und er merkte, dass sie nicht wusste, was sie sagen sollte.

Willkommen im Club.

„Jedenfalls bin ich froh, dass ich gekommen bin." Sie eilte durch die Tür, und als sie drinnen war, betrachtete sie die Vorderseite der Front des Rezeptionstresens, als ob ihr Leben davon abhinge, das jetzt richtig zu machen.

Susan war genauso verwirrt darüber, was zwischen ihnen vor sich ging wie er. Das dachte er zumindest. Sie war wahrscheinlich noch mehr als er darauf bedacht, es auf geschäftlicher Ebene zu belassen – wie sie vom ersten Tag an gesagt hatte. Damit hatte sie recht. Doch seine Gefühle zu leugnen, fiel ihm immer schwerer. Und damit hatte er nicht gerechnet.

Schließlich positionierte Susan das Triple T-Brandeisen fast perfekt in der Mitte und drückte es in das Holz. Die Muskeln ihrer Arme spannten sich an, als sie sich dagegen lehnte.

„Du machst das gut", sagte Cole und genoss es, ihr dabei zuzusehen. Susan liebte es, Dinge richtig zu machen. Er konnte es daran sehen, wie sie sich bei allem, was sie tat, engagierte. Das gefiel ihm, obwohl er sich Sorgen um sie machte. Ihm war klar geworden, dass er vieles an Susan mochte, und genau daher kamen all diese anderen Emotionen.

„Danke." Sie betrachtete das Brandmal, das nun als schöner dunkler Kontrast in das blonde Holz eingebrannt war. „Es ist nur ein kleines bisschen aus der Mitte, oder?" Den Kopf leicht nach rechts geneigt, betrachtete sie ihre Arbeit.

„Du wirst deswegen keine schlaflosen Nächte haben, oder?" Sein Necken brachte ihm einen bösen Blick ein … doch im Gegensatz zu anderen Gelegenheiten wich dieser böse Blick sofort einem Lächeln.

„Ich bin nicht *so* ein Perfektionist."

Er grinste. „Das ist eine Erleichterung", feixte er, doch es war die Wahrheit. „Also, was denkst du, wollen wir weitermachen?"

„Ja, lass uns weitermachen!"

Sie holten neue Brandeisen, und Susan ging zurück zum Empfang. Sie starrte lange auf den Tresen und fragte sich, ob sie dieses Brandmal perfekt mit dem anderen ausrichten sollte. Er hoffte, dass sie tun würde, was er sich vorgestellt hatte, und anfangen würde, das Holz in einem willkürlichen Muster zu brennen … manche schräg, manche seitwärts, manche gerade.

„Oh, man lebt nur einmal", murmelte sie und drückte das Eisen schräg auf das Holz.

Ja! Er lachte, nahm dann sein Brandeisen und drückte es neben ihres.

„Wow, das sieht gut aus. Wieder einmal eine großartige Idee, Cole Turner."

„Freue mich, dir zu Diensten zu sein, Doc. Klappt besser, als ich dachte."

Es stimmte, das wurde ihm bewusst. Es waren ein paar lange Tage gewesen, und er hatte sie vermisst …

Der Gedanke floss durch ihn hindurch, als wollte er sich dort niederlassen, wo er nicht willkommen war.

Er hatte sie vermisst. Sehr sogar.

Und egal, wie sehr er versuchte, es zu leugnen – oder es hinauszuschieben, dass er diese Dinge nur aus Sorge oder in Freundschaft empfand – er konnte es nicht. Die Frage war, was hatte das zu bedeuten? Was wollte er, dass es bedeutete?

Susan bemühte sich sehr, sich normal zu verhalten und Cole nicht die widersprüchlichen Gefühle sehen zu lassen, mit denen sie rang. Das hatte sie in letzter Zeit oft gemacht. Es half, sich auf das Brandzeichen zu konzentrieren, doch als er plötzlich still wurde, blickte sie zu ihm auf, gerade als er die Stirn runzelte und seine Augen abwesend wirkten.

Sie konnte sich nicht bewegen, als er einen Schritt auf sie zu machte. Das Klingeln des Telefons zerriss die Stille, doch nicht die Anspannung des Augenblicks. Wenn abends das Telefon klingelte, war es meist der Rufdienst mit einem Notruf. Als sie nach dem Hörer griff, kam sie nicht umhin zu denken, dass sie bereits einen Notfall hatte … einen, auf den sie überhaupt nicht vorbereitet war.

Sie wandte Cole den Rücken zu und lauschte, während der Dispatcher die Nachricht weitergab. Sie konnte die ganze Zeit spüren, wie Coles sie anstarrte.

„Was ist passiert?", fragte er in dem Moment, als sie auflegte.

„Mrs. A. liegt mit einer gebrochenen Hüfte in der Notaufnahme in Ranger. Sie verlangt, mich zu sehen." Ihr Herz hämmerte, als sie zur Tür ging.

„Warte, lass mich das Heizgerät ausschalten", sagte Cole und rannte wieder durch die Tür in den hinteren Bereich.

Sie wartete nicht. Sie saß bereits am Steuer ihres Trucks, als er nach draußen gerannt kam.

„Warte!", rief er und knallte die Kliniktür hinter sich zu.

„Cole", protestierte sie durch das offene Fenster und ließ ihren Sicherheitsgurt einrasten. „Ich habe keine Zeit! Ich muss los. Sie lässt sich nicht operieren, bis ich da bin." Sie wusste, dass er daran dachte, mit ihr zu kommen. Sie brauchte die Ablenkung nicht und legte den Rückwärtsgang ein.

„Wage es nicht, rückwärts loszufahren", warnte er und rannte zum Truck, während der sich von ihm entfernte.

„Cole –" Sie trat auf die Bremse, als er die Beifahrertür aufriss und auf den Sitz sprang.

„Jetzt fahr", knurrte er.

Sie funkelte ihn an. Sie hatte keine Zeit, mit ihm zu streiten. Und sie schätzte es nicht, dass er –

„Würdest du aufhören, mich so anzusehen, und einfach fahren? Ich werde mich in nichts einmischen, falls du dir darüber Sorgen machst."

Leicht gesagt, dachte sie, als sie Gas gab und zurückstieß. Sie trat hart auf die Bremse, legte den Gang ein, richtete den Truck in Richtung Ranger aus und gab Gas.

Neben ihr flog Cole nach vorne und wurde dann gegen den Sitz gerissen.

„Vielleicht solltest du den Sicherheitsgurt anlegen", fauchte sie.

„Ach wirklich?", schoss er zurück, griff aber nach seinem Sicherheitsgurt.

Sie blickte in seine Richtung, und er zog eine Augenbraue hoch und legte lässig einen Arm über die Rückenlehne der Sitzbank. Er sah viel zu gelassen aus. Viel zu behaglich —

„Vielleicht solltest du auf die Straße achten", riet er ganz ruhig und nickte in Richtung der Straße vor ihr.

Sie richtete ihre Augen sofort nach vorn und musste

einen Schlenker fahren, um nicht von der Straße abzukommen.

Sie erwartete fast, dass er eine spitze Bemerkung machte, doch stattdessen fragte er nur: „Haben sie dir Einzelheiten über Mrs. A. gegeben?"

„Nein. Es war mein Rufdienst, und sie hatten nicht viele Informationen. Nur, dass sie operiert werden muss, aber sie besteht darauf, vorher mit mir zu sprechen."

„Ich hoffe, es geht ihr gut. Irgendeine Ahnung, warum sie dich dahaben will?"

„Bin mir nicht sicher, aber ich nehme an, es hat mit Catherine Elizabeth zu tun. Ich weiß nicht, warum sie sonst mit mir reden wollen würde."

„Soll ich fahren?"

„Cole, hör auf!" Sie sah ihn finster an. „Fang nicht damit an. Sei gewarnt, wenn du versuchst, mich zu bemuttern, werde ich diesen Truck anhalten und dich auf der Stelle rausschmeißen."

„Dich bemuttern?" Er hob seine Hände.

„Ja, bemuttern", knurrte sie und fühlte sich wieder mehr wie sie selbst.

„Okay, okay. Ich benehme mich. Aber das Angebot steht."

Susan brummte und behielt ihre Gedanken auf der Straße. Sie machte sich Sorgen um Mrs. Abernathy.

Wenn sie eines nicht gebrauchen konnte, dann Cole Turner, der neben ihr auf dem Beifahrersitz saß und ihr auf die Nerven ging, weil er sich in ihre Angelegenheiten einmischte – und sie daran erinnerte, dass er noch vor wenigen Augenblicken ausgesehen hatte, als wollte er sie küssen. *Nein!* Sie konnte ihn nicht gebrauchen, Punkt. Er war völlig falsch für sie ... war es gewesen, seit er in die Stadt gefahren war, und daran hatte sich nichts geändert.

Außer dass es sich schön anfühlt, ihn um sich zu haben, nicht wahr? Sie biss sich auf die Lippe, als der Gedanke sie verwirrte. Jetzt war nicht die Zeit dafür. Überhaupt nicht die Zeit. Und doch war er hier ... doch er würde nicht bleiben. Davor musste sie sich schützen. Sie musste. *Oder nicht?*

Er streckte die Hand aus und schaltete das Radio ein. Die Sonne war untergegangen, und die Nachtluft peitschte durch die offenen Fenster herein. Die unromantische Farbe und der Klarlack waren in ihre Kleidung eingedrungen, und jetzt wirbelte der Gestank um sie herum – vielleicht waren all diese Dämpfe der Grund für ihre seltsamen Gedanken.

Sie wünschte sich plötzlich, sie hätte mehr Zeit. Mehr Zeit mit ihm ... und mehr Zeit, damit sie ihn dazu bringen könnte, die Situation mit ihren Augen zu sehen. Wenn der Mann ihren Standpunkt verstehen könnte, könnten sie vielleicht auf diese seltsame Anziehung, die von ihm ausging, reagieren … oder zumindest Freunde werden. Denn trotz seiner irritierenden Einstellung gegenüber ihrer Arbeitsweise kam sie immer noch nicht darüber hinweg, dass das Herz des Mannes groß genug war, um sich in eine sterbende Frau zu verlieben. Und dann groß genug, um sein Leben der Hilfe für andere zu widmen … Egal, wie oft sie anderer Meinung waren, es gab einfach zu viel an dem Mann, das sie bewundern konnte. Auch wenn er stur war und ignorierte, was sie wollte.

Plötzlich fragte sie sich: War er bei Lori auch so gewesen? Wie hatte sie sich gefühlt, als er sich in sie verliebt hatte? Hatte sie bedauert, dass sie ihn zurücklassen musste? Hatte ihr das Sterben schwerer gemacht?

KAPITEL ACHTZEHN

„Oh, Sie haben Ihren Mann mitgebracht!", sagte Mrs. Abernathy, sobald Susan und Cole das Zimmer betraten.

Susan machte sich nicht die Mühe, darauf hinzuweisen, dass er nicht ihr Mann war – sie würde sowieso nicht zuhören. Sie machte sich zu große Sorgen um Mrs. A., als dass sie sich darüber Gedanken machen konnte. Sie sah so zerbrechlich aus in dem großen Krankenhausbett. Besonders mit der Infusion im Arm und den Monitoren, die um sie herum piepsten. Sie sah zum Glück so aus, als hätte sie keine Schmerzen. Sie mussten ihr etwas dagegen gegeben haben. Die Krankenschwester hatte ihnen, bevor sie sie hereingebracht hatte, gesagt, sie seien bereit, sie in den OP zu bringen, sobald sie mit Susan gesprochen hatte. Die Krankenschwester und ein Pfleger folgten ihnen ins

Zimmer und machten sich zum Transport bereit.

„Mrs. A., das tut mir so leid! Was kann ich tun?", fragte Susan, während Cole zu ihrem Bett ging und ihre Hand in seine nahm.

„Wir sind hier, um alles zu tun, was Sie brauchen", sagte er und lächelte herzlich, als Mrs. A. ihn mit glasigen Augen ansah. Tränen drohten, über ihr Gesicht zu fließen, als sie ihm zunickte.

„Meine Catherine Elizabeth ist allein da draußen. Sie müssen sie finden. Und, Susan, Sie müssen sie für mich gesund machen und sie dann behalten, während ich mich von dieser vermaledeiten Hüfte erhole. Ich habe versucht, denen zu sagen, dass mein Baby irgendwo im Wald ist, als sie mich abgeholt haben, aber sie waren nur zu zweit und haben gesagt, sie müssten mich ins Krankenhaus bringen. Niemand wollte nach ihr suchen."

Verzweiflung stand in den Augen der alten Frau und brach Susan das Herz. Sanft ergriff Susan ihre Hand mit der Infusion und streichelte sie.

„Machen Sie sich keine Sorgen. Wir werden Catherine Elizabeth finden."

„Ja, das werden wir. Darauf können Sie sich verlassen."

Susan fühlte sich durch Coles Worte beruhigt. Sie kannte die Wehwehchen des alten Hundes und machte sich Sorgen, dass es vielleicht schon zu spät sein könnte, ihr zu helfen.

„Was ist mit Catherine passiert, und wo sollen wir suchen?"

„Ich war auf dem Friedhof von Stony Creek, wo mein Herman begraben liegt. Catherine Elizabeth war bei mir. Wir haben Blumen auf Hermans Grab gelegt. Irgendwann habe ich aufgeblickt und Catherine Elizabeth über die Landstraße rennen sehen – können Sie sich vorstellen, wie mein Baby rennt? Sie hat ein Kaninchen gejagt und sah aus, als wäre sie ein großer Welpe. Ich wollte ihr nachlaufen, bin aber hingefallen und habe mir dabei die Hüfte gebrochen. Ein Auto hat angehalten, und der Mann hat mir geholfen, aber er wollte mich nicht allein lassen, um meine Catherine Elizabeth zu suchen. Keiner wollte sie suchen! Sie ist allein da draußen, und Sie wissen, dass sie krank ist." Sie hatte Tränen in den Augen, und ihr Blutdruck und ihr Puls waren angestiegen.

Die Krankenschwester schritt ein. „Es tut mir leid, aber wir müssen sie in den OP bringen. Wir haben es so lange es ging aufgeschoben. Der Arzt wartet auf sie."

Susan nickte und begegnete Coles stürmischen blauen Augen. „Wir sind schon auf dem Weg", sagte er und lächelte Mrs. A. an. „Ich verspreche Ihnen, ich werde Catherine Elizabeth finden."

Susans Herz raste. Cole Turner war kein Mann, der sein Wort gab und einen Rückzieher machte. Plötzlich fragte sie sich, wie vielen Menschen er in den letzten sechs Jahren seit Loris Tod Versprechungen gemacht hatte. Versprechen, ihre Häuser und ihre Geschäfte wieder aufzubauen. Ihre Träume.

Mrs. Abernathy hatte sich in ihrer Aufregung vorgebeugt, aber jetzt, als sie ihn ansah, entspannte sie sich. Das lag zum Teil an den zusätzlichen Medikamenten, die die Krankenschwester in den Infusionsschlauch gespritzt hatte, doch Susan sah trotzdem, dass sie voll und ganz darauf vertraute, dass Cole tun würde, was er sagte.

„Danke, Cole", sagte sie undeutlich. „Ich werde für Sie beten und dafür, dass Sie sie finden. Susan, werden Sie auf sie aufpassen?"

„Ich werde auf sie aufpassen, bis Sie nach Hause kommen und sich wieder um sie kümmern können."

„Gut. Danke!"

Die Krankenschwester nickte dem Pfleger zu, und sie betteten sie auf die Trage um.

„Wir sehen uns, wenn Sie rauskommen", sagte Susan und ließ Mrs. A.s Hand an der Tür los.

„Machen Sie sich bitte keine Sorgen!", rief Cole ihr nach.

„Ach, mache ich jetzt nicht. Gott hat Sie geschickt, und er kümmert sich um alles."

„Cole, warte! Was ist?"

Susan folgte ihm schnell, doch er wurde nicht langsamer, bis er ihren Truck erreichte.

„Ich fahre", sagte er, blieb auf der Fahrerseite stehen und streckte die Hand aus.

„Nein. Du bist zu aufgewühlt."

„Ich bin nicht aufgewühlt. Ich muss einen Hund finden und habe nicht viel Zeit. Jetzt gib mir die Schlüssel."

Susan musterte ihn eindringlich, als wollte sie in seinen Kopf blicken, dann ließ sie die Schlüssel in seine Hand fallen. „Okay. Lass uns Catherine Elizabeth finden."

Cole sprach nicht, während er fuhr.

„Was ist los, Cole?", fragte Susan, nachdem sie die Stadt hinter sich gelassen hatten und auf den Landfriedhof zurasten.

„Wie schlimm ist das für Catherine Elizabeth?"

Als Susan nicht antwortete, sah er sie an. „Susan?"

„Sie ist es nicht gewohnt, draußen zu sein. Sie könnte nur verängstigt sein und sich verstecken. Aber sie könnte auch in Schwierigkeiten sein. Ich bin mir nicht sicher, ob Mrs. A. es überstehen würde, wenn Catherine Elizabeth etwas zustieße. Sie liebt den Hund. Sie sind eine Familie."

Cole packte das Lenkrad fester. Er wollte glauben, dass Gott sich um den alten Hund kümmern würde. Zumal er das Liebste im Leben von Mrs. A. war. Doch er machte sich keine Hoffnungen auf göttliches Eingreifen. Er würde jedoch alles in *seiner* Macht Stehende tun, um Catherine Elizabeth nach Hause zu Mrs. A. zu bringen. Er würde ihr auf keinen Fall etwas anderes als gute Nachrichten bringen. Im Krankenhaus zu sein hatte ihn daran erinnert, wie es sich anfühlte, einen geliebten Menschen zu verlieren…. Mrs. A. kannte dieses Gefühl bereits, denn sie hatte ihren Mann verloren. Er konnte sie das nicht noch einmal durchmachen lassen.

Er wollte es selbst nie wieder durchmachen müssen.

„Cole." Nach drei Stunden legte Susan ihre Hand an seinen Rücken. „Bist du okay?" Er schüttelte ihre Hand ab und entfernte sich von ihr. „Ich suche einen Hund, der sehr wahrscheinlich tot sein könnte."

„Sie könnte noch am Leben sein."

Er schüttelte den Kopf. „Sprich nicht so mit mir, Susan. Ich bin keine deiner kleinen alten Ladys, die du aufheitern musst. Wir wissen beide, wie ihre Chancen stehen. Du hast es vorhin selbst gesagt. Wenn sie zu uns kommen könnte, wäre sie schon hier. Sie kennt und liebt dich. Die Tatsache, dass wir nicht einmal ein Wimmern gehört haben, ist nicht gut, und das weißt du."

„Das stimmt – das habe ich vorhin gesagt. Und –" Sie rieb sich den Nacken und sah sich um, als glaubte sie, Catherine Elizabeth würde plötzlich auftauchen und ihm das Gegenteil beweisen. „Und ich habe vor ein paar Augenblicken dasselbe gedacht wie du. Aber Cole, ich glaube nicht, dass es hier nur um einen Hund geht. Oder?"

Er runzelte die Stirn. „Wir verschwenden Zeit."

Susan trat näher. Er wurde ganz still, als sie plötzlich ihre Hände an sein Gesicht legte. „Ich glaube, dass unsere Gebete erhört werden. Wir werden sie finden", sagte sie voller Überzeugung.

Cole starrte in ihre wunderschönen Augen. Wenn er das nur glauben könnte. „Gebete bleiben jeden Tag unbeantwortet." Gott nahm die Besten – wie konnte sie dann glauben, dass er sich um einen Hund kümmern würde? Er hatte ihm Lori trotz aller Gebete genommen. Trotz allen Vertrauens.

„Glaubst du, dass unsere Gebete heute Nacht erhört

werden?", fragte sie.

Er wandte den Blick ab.

„Sieh mich an, Cole Turner", sagte sie und zwang ihn, ihr in die Augen zu blicken. Sie waren nur einen Atemzug voneinander entfernt, als sie sich vorbeugte und entschlossen in seine leeren Augen starrte.

„Gott hat gesagt, dass wir Vertrauen zu ihm haben sollen", sagte sie streng.

Cole löste sich von ihr. „Sprich nicht mit mir über Vertrauen. Ich habe auf die harte Tour gelernt, dass es keine Rolle spielt, wie viel Vertrauen ich in Ihn habe."

„Doch, tut es."

„Nein, tut es nicht. Ich habe für Lori gebetet und war zuversichtlich, dass sie überleben würde. Dass sie ein Wunder erleben und geheilt werden würde. Es ist nicht passiert. Ich kann nicht mehr nach *Seinen* Regeln spielen." Er konnte nicht. „Ich verlasse mich auf meine Fähigkeiten, um das zu erreichen, was ich brauche. Wenn ich beteiligt bin, werde ich alles in meiner Macht Stehende tun, damit die Gebete der Menschen wahr werden." Er konnte die Häuser der Menschen wieder aufbauen, aber seine Fähigkeiten, etwas zu tun, waren begrenzt, und das wusste er.

„Und du hast den Versuch aufgegeben, Catherine Elizabeth zu retten."

Er seufzte. „Ja, habe ich. Es ist spät. Sie ist alt,

krank und höchstwahrscheinlich liegt sie irgendwo hier draußen tot zusammengerollt."

Susan wischte sich eine Träne aus den Augen und kniete sich vor ihn.

„Was machst du da?"

„Ich werde beten, Cole. Du hast recht. Gott hat das Recht zu tun, was er will. Aber er wird das Beste tun … für alle. Nicht nur für dich und deine egoistischen Wünsche. Für alle. Er kennt die Zukunft. Er weiß, was allen um ihn herum im Leben bevorsteht. Du weißt nicht, wovor er Lori in der Zukunft gerettet hat. Du weißt nicht, wie viele Menschen sie in ihrem Leben berührt hat –und nach allem, was ich von dir gehört habe – hat sie sich während ihrer Krankheit von Ihm führen lassen. Wie viele Leben hat sie berührt? Wie viele Leben hat ihr unbeirrbarer Glaube zum Besseren verändert? Sie hatte das Gefühl, dass jeder Tag, den sie gelebt hat, ein Geschenk war. Das hast du mir gesagt. Ich hatte das bei meinem Vater. Er wusste, dass jeder Tag, den wir zusammen hatten, kostbar und ein Geschenk war. Und er hat mich auf das Leben nach seinem Tod vorbereitet. Er hat mich auf alles Mögliche vorbereitet, und ich war hartnäckig und entschlossen, die Frau zu sein, zu der er mich gemacht hat. Aber weißt du was, Cole? Ich habe bis zu diesem Moment etwas vergessen. Er hat mich vor allem auf seinen Tod vorbereitet, indem er mir einen starken Glauben gegeben hat. Er wusste, als er starb, dass es mir gut gehen würde. Ich hatte vergessen, dass er mir gesagt hatte, ich solle stark sein und für das einstehen, was ich will, aber dass ohne Gott an meiner Seite nichts, was ich leiste, zählt. Ich glaube, Gott hat dir Lori als Geschenk geschickt. Er wusste, dass er sie aus Gründen nach Hause bringen würde, die wir nie kennen oder verstehen werden. Aber er hat euch diese kostbaren, schönen drei Monate zusammen gegeben. Ich glaube, Lori hat sie als das erkannt, was sie waren, und sie hat versucht, dich darauf vorzubereiten."

„Also, wofür betest du?" Seine Frage war kaum mehr als ein Flüstern.

„Ich bete, dass du heute Abend ein Wunder siehst." Sie hielt ihm die Hand entgegen. „Komm, bete mit mir. Bitte."

„Susan", sagte er. Er konnte nicht glauben, dass sie das tat. „Das bringt nichts."

„Bitte, Cole. Knie dich zu mir. Bitte."

Das war das Letzte, was er von Susan erwartet hatte. Er konnte sich nicht bewegen. Was sie über Lori gesagt hatte, lastete schwer auf ihm. Lori hatte jedes Leben verändert, das sie berührt hatte. Sie war ein Geschenk gewesen. Er hatte sich für jede Sekunde, die er mit ihr verbracht hatte, privilegiert gefühlt. Sie hatte das Gleiche empfunden. Aber hier ging es darum, daran zu glauben, dass Gott seine Gebete erhörte. Und er hatte nicht auf die geantwortet, die ihm am wichtigsten waren. Susan nahm seine Hand und sah ihn weiter an.

„Bitte ihn und glaube daran, Cole. Bitte ihn und glaube, und dann vertraue darauf, dass er das Beste tun wird. Ich werde beten, dass es Catherine Elizabeth gut geht und dass wir sie finden werden. Und ich glaube von ganzem Herzen, dass dieser süße Hund aus den Schatten kommen wird, wenn es Sein Wille ist."

Cole konnte sich nicht bewegen. Er stand still, und Susans Hand umklammerte seine so fest, dass es schmerzte. Sie lächelte ihn sanft an, dann senkte sie ihren Kopf und betete.

Cole starrte auf Susans gesenkten Kopf. Sein Herz hämmerte in seiner Brust, und er schloss die Augen. Sie glaubte. Sie glaubte wirklich. Aber er hegte keine großen Hoffnungen, dass es wirklich passieren würde.

Als sie fertig war, öffnete er die Augen und sah, dass sie ihn anlächelte. Er zog sie hoch und umarmte sie. Sie schmiegte sich an ihn und schlang ihre Arme um ihn. Er fühlte ihren Trost und ihre Kraft durch sich fließen. Er küsste sie auf den Kopf.

„Danke dafür. Aber –"

„Kein Aber, Cole. Keine Zweifel. Gott wird es richten. Ich spüre es."

Er sah sich um und sah nichts in der Dunkelheit. Außer den Grillen und den Laubfröschen war kein Geräusch zu hören. Keine Spur von Catherine Elizabeth und keine Geräusche, die darauf hindeuteten, dass sie in der Nähe war.

„Komm, Susan. Es ist Zeit, zurück ins Krankenhaus zu fahren und nach Mrs. A. zu sehen. Sie wird uns brauchen."

Susan legte ihren Kopf an seine Schulter, und ihr Herz schlug gegen seines. Sie hatte gebetet, dass Cole erkennen würde, dass ihm das Geschenk gegeben worden war, Lori für diese kurze Zeit zu kennen und zu lieben, um ihn nicht traurig und entmutigt zurückzulassen, sondern ihm Hoffnung zu geben und ihm zu helfen, ihn zu dem Mann zu machen, der er heute war. Sie betete für den süßen Hund und dass alles gut werden würde.

Sie sah ihm in die Augen und sah sich dann um. Da war nichts. Sie verstand nicht, was Gottes Plan war, doch sie musste darauf vertrauen, dass Er einen hatte. Und Gott war nicht ihre Marionette an einer Schnur.

„Du hast es versucht", sagte Cole, während er seinen Arm um ihre Schultern legte und sie aus dem Wald führte. „Was wird Mrs. Abernathy tun?"

Susan seufzte, als er sie näher an sich zog, um sie zu trösten. Es fühlte sich gut an, von ihm getröstet zu werden, aber ... „Ich will nicht glauben, dass Catherine Elizabeth tot ist. Aber wenn doch, dann wir Mrs. A. es überstehen. Sie war stark, so stark, als ihr Herman gestorben ist. Sie ist eine gläubige Frau, und ich glaube nicht, dass du das über sie weißt."

„Ich bin froh, das zu hören", sagte er.

Sie stiegen über einen Baumstamm und gingen die letzten paar Schritte zum Waldrand. Susan versuchte, nicht zu weinen, doch ihr Herz war schwer für Cole. Sie war sich nicht sicher, warum sie das Gefühl hatte, ihm etwas beweisen zu müssen. Doch noch einmal: Gottes Wille geschehe.

Sie blinzelte und wischte sich Tränen aus den Augen, als sie aus dem Wald traten. Cole blieb wie angewurzelt stehen. Sie blickte auf, und da saß eine grinsende Catherine Elizabeth, die mit ihrem struppigen grauen Schwanz wedelte.

KAPITEL NEUNZEHN

Cole drückte die letzte Brandmarke in den Empfangstresen und wartete, während sich das heiße Eisen in das Holz brannte. Von ihrem Hundebett in der Ecke sah Catherine Elizabeth zu.

„Also, was denkst du, altes Mädchen?", fragte er. Er zog das Brandzeichen weg und stellte sich neben den Hund. Er kraulte sie hinter den Ohren, während er die Vorderseite des Tresens aus Kiefernholz betrachtete. „Hat einen gewissen Charme, findest du nicht?"

Catherine Elizabeth bellte und drehte den Kopf, damit sie seine Hand mit ihrer kalten Nase anstupsen konnte. Er konnte immer noch nicht fassen, dass sie am Abend zuvor direkt vor ihnen gesessen hatte.

Susan war überzeugt gewesen, dass Gott ihr Gebet erhört hatte, um ihm zu beweisen, dass er sich um Cole sorgte. Dass er einen Plan für Loris Leben und für seines hatte. Susan war von allen möglichen Dingen überzeugt, wie das wundersame Überleben des alten Hundes Cole beweisen sollte. Die Wahrheit war, Cole wusste nicht, was er denken sollte. Als Mrs. A. von ihrer erfolgreichen Operation erwacht war, hatte er ihr überglücklich mitgeteilt, dass ihre alte Gefährtin am Leben und wohlauf war.

„Das muss eine ganz schöne Hasenjagd gewesen sein, auf der du letzte Nacht gewesen bist", sagte er und beugte sich hinunter, um ihr in die schokoladenbraunen Augen zu blicken. Er hatte sich bereit erklärt, sie bei sich zu behalten und sie zur Arbeit mitzunehmen.

„All diese Sorgen, und du hast ein Nickerchen gemacht", sagte er und streichelte sie ein letztes Mal ab, bevor er nach hinten ging, um das Heizgerät auszuschalten.

Er konnte nicht aufhören, an Susan zu denken, die im Wald auf die Knie gegangen war. Er war genauso auf die Knie gegangen und hatte Gott angefleht, Lori zu retten.

Er hatte mit Gott verhandelt und gefleht, sie zu verschonen. Sie zu heilen. Seine Gebete waren unbeantwortet geblieben. Er freute sich für Mrs. A., dass Susans Flehen erhört worden war.

Cole verdrängte die Erinnerungen aus seinem Kopf und machte sich daran, die Armaturen in den

Gästetoiletten fertig zu installieren. Es war die letzte Arbeit hier … sobald er die Schranktüren da drüben eingehängt und den Klarlack am Empfangstresen aufgetragen hatte, war er fertig.

Und er konnte hier weg.

Das musste er so schnell wie möglich. Er wusste, dass er sich in Susan verlieben würde, wenn er noch länger hier blieb.

Doch das konnte und wollte er sich nicht eingestehen.

Er konnte sein Herz nicht so weit öffnen. Konnte es nicht riskieren, noch einmal den Kummer zu erleben, jemanden, den er liebte, zu verlieren. Er hatte befürchtet, dass Mrs. A. sich dem letzte Nacht wegen Catherine Elizabeth hätte stellen müssen. Sie hatte ihren geliebten Herman bereits verloren, und egal, was Susan darüber sagte, dass sie eine Frau des Glaubens sei, er hatte die Angst in ihren Augen gesehen, als sie um ihren Hund fürchtete. Er hatte diese Angst erkannt, als er das Krankenhaus verlassen hatte. Er hatte sich daran erinnert, als wäre es gestern gewesen, und Cole konnte sich dem nie wieder aussetzen.

Es roch, als hätte Cole gerade den Empfangstresen lackiert. Susan kam später an diesem Tag in die Klinik und lächelte, als sie sich umsah. Sie liebte die rustikale Funktionalität – und der Empfangstresen mit den Brandings war eines der Highlights.

„Cole! Catherine Elizabeth!", rief sie, als sie die Tür nach hinten aufstieß. Der Raum roch immer noch nach Klarlack, obwohl frische Luft durch die offenen Türen hereinwehte.

„Cole!", rief sie erneut und blickte auf, um zu sehen, ob er an der Decke arbeitete wie neulich Abend.

„Hey, Doc!", rief er und spähte durch die Tür der Damentoilette.

Catherine Elizabeth kam herausgewatschelt, um sie zu begrüßen. Susan ging auf die Knie und umarmte sie. Sie sah gut aus, prall wie eine Pflaume, aber gut. Cole war so nett gewesen, sie bei sich zu behalten, damit sie nicht so einsam war, während Mrs. A. sich erholte. Es war erstaunlich, wie viel Frieden es Mrs. A. gegeben hatte, zu wissen, dass sie bei Cole sein würde. Für sie war schon sein äußeres Erscheinungsbild beruhigend. Er war ein Held für sie. Mrs. A. hatte ihr heute Morgen gesagt, dass Gott ihn geschickt hatte, um sich um ihre Catherine Elizabeth zu kümmern. Sie hatte auch gesagt, dass er Zeit brauchte, um seine eigene Seele zu heilen.

Susan war erschrocken gewesen, als die ältere Frau ihre Hand genommen und ihr das gesagt hatte. Ihr Wahrnehmungsvermögen hatte Susan verblüfft ... oder vielleicht waren Susan ihre Gefühle anzusehen, und wenn sie nicht aufpasste, würde jeder sehen, dass sie sich in Cole Turner verliebt hatte. Diesen sturen, sturen Mann ... Es war verrückt. Das Letzte, was hätte passieren sollen. Aber offensichtlich war Liebe nicht logisch.

„Ich habe gerade die letzte Tür hier drin eingehängt. Komm und sieh's dir an. Schau. Was denkst du!" Sie richtete sich auf, doch ihre Füße schienen im Zementboden verwurzelt zu sein, als sie ihn ansah. Sein Haar war zerzaust und sein glatt rasiertes Kinn brachte sie dazu, mit der Hand darüber streichen zu wollen.

Bewegt euch, befahl sie ihren Füßen und freute sich, als sie gehorchten. *Benimm dich ganz normal*, sagte sie sich. Leicht gesagt, wenn sie zu ihm rennen und ihre Arme um ihn werfen wollte.

Verrückt. Genau das war sie. Sie musste sich „Realitäts"-Medikamente verschreiben. Das einzige Problem war, dass sie sich ziemlich sicher war, dass sie nichts für Menschen oder Tiere herstellten, das heilen würde, worunter sie litt.

„Wow", sagte sie und starrte auf den fertigen Raum. „Das ist so cool."

„Bist du sicher, dass es dir gefällt? Denn wenn es dir nicht gefällt, kann ich die Bleche von den Wänden reißen und innerhalb von vierundzwanzig Stunden

Gipskarton installieren."

Sie konnte nicht aufhören zu lächeln. Die Wände waren auf halber Höhe mit Wellblech verkleidet. Die untere Hälfte des Raums war mit Zedernholz getäfelt und einer Zierleiste, die sie vom Metall oben abgrenzte. Sie hatte die Kreativität des Raums schon früher gemocht, doch mit den Türen für die Einbauschränke war der Eindruck fantastisch.

„Bist du verrückt? Die Leute werden alles an der Klinik lieben. Ich will nicht, dass du irgendwas änderst."

„Dann sind wir hier fertig."

Er musterte sie mit ernsten Augen, die Susans Herz höher schlagen ließen. Er war so nah, und doch fühlte sie sich plötzlich von ihm abgeschnitten – als hätte er eine Barriere zwischen ihnen errichtet.

„Wie geht's Mrs. A.?", fragte er.

„Großartig. Der Arzt sagt, mit ihrer starken Konstitution und Entschlossenheit sollte sie sich vollständig erholen. Ich habe ihm gesagt, es würde mehr als eine gebrochene Hüfte brauchen, um ihre Stimmung zu trüben. Und ich habe ihr versichert, dass ich mich um Catherine Elizabeth kümmern werde, solange sie mich braucht."

„Gut." Er vergrub die Hände in seinen Taschen und nickte.

„Sie ist begeistert, dass du heute Morgen auf sie aufgepasst hast", sagte sie und verspürte den Drang, die Barriere zu durchbrechen, doch sie war sich nicht sicher, wie. „Sie hat mir gesagt – nun, sie hat mir gesagt, dass du von Gott gesandt wurdest, um auf ihren süßen Hund aufzupassen." Das hatte sie mehrmals gesagt.

Coles Gesichtsausdruck spannte sich an. „Ich helfe gerne, aber du warst diejenige, die gestern Nacht den Glauben hatte."

Susan fragte sich, als sie ihn ansah, ob irgendetwas, das sie getan hatte, zu ihm durchgedrungen war. Sie befürchtete, dass dem nicht so war. Tatsächlich hatte sie Angst, dass sie größeren Schaden als Nutzen angerichtet haben könnte.

„Die, äh, die Ausrüstung sollte vor dem Mittag kommen", sagte Cole, ging nach vorne und brachte sie sowohl physisch als auch gesprächig auf ein anderes Gebiet. Sie zügelte ihre Gedanken und folgte ihm.

„Sicher. Dann braucht es nur noch ein bisschen Vorbereitung und etwas Organisation, und ich kann loslegen."

„Klingt wie ein Plan."

Er war zu nett, dachte sie, als er ihr die Tür aufhielt. „Danke."

„Gern geschehen. App und Stanley sind heute früh rausgekommen und haben mir beim Fertigmachen geholfen. Sie haben die Steckdosenabdeckungen installiert und die Fenster geputzt."

„Du meinst, sie haben heute Morgen nicht Dame gespielt?" Sie konnte es nicht fassen.

„Nein, Sie sagten, sie wollten etwas für dich tun."

Sie blinzelte plötzliche aufsteigende Tränen zurück. „Sie sind so süß. Selbst mit diesen missbilligenden Blicken, die sie mir oft zuwerfen."

„Oh, sie sind alte Teddybären", sagte er, und sein Gesichtsausdruck wirkte weniger distanziert. Weniger weit weg.

„Ist dir das auch aufgefallen?", fragte sie, als ihr Herz schneller schlug, als er lachte.

„Die beiden Griesgrame und Sam schimpfen und zanken wie die Krähen, die sich um Maiskolben streiten, aber wenn es darauf ankommt, sind sie handzahm."

Susan fuhr mit der Hand über die Theke und zeichnete mit dem Finger das Triple T Brandmal nach – sie hatte es mehrmals in die Theke eingebrannt und mochte, wie es aussah. Ihr gefiel, dass es die Turner-Männer repräsentierte – Cole.

Daneben war ein *OT* mit auf der Seite liegendem T. „Das ist das ursprüngliche Brandmal eurer Ranch, nicht wahr?", fragte sie. Sie wusste, dass es so war, doch sie brauchte etwas, worüber sie reden konnte. Etwas, das verhinderte, dass er die Mauer zwischen ihnen wieder hochzog.

Er trat neben sie, sein Arm streifte ihren, als er seine Hand neben ihre auf den Tresen legte. „Ja. Es steht für Oakley Turner, meinen Ur-Ur-Ur-Ur-Urgroßvater."

Susans Nerven vibrierten, als ein elektrischer Strom der Verbindung von seiner Schulter zu ihrer floss.

„Spielst du Poker so gut wie er es offenbar getan hat?"

„Nein. Bin kein Spieler. Oder Pferdehändler, wie er es war. Er konnte einem einen alten Gaul verkaufen und einen Sattel drauflegen, um das Geschäft zu versüßen. Der Käufer hat dabei nicht einmal bemerkt, dass er einen Sattel gekauft hat, der ihm bereits besaß, bis er bezahlt hatte und Oakley schon lange wieder unterwegs war."

Susan lachte. Sie hatte viele Geschichten über den alten Turner mit den fragwürdigen Moralvorstellungen gehört, der die Ranch nach einem Pokergewinn gegründet hatte. Seth hatte keinen Respekt vor dem Mann, liebte aber das Land. Sie strich über das Brandmal, und ihre Hand berührte die von Cole, als sie das O nachzeichnete.

„Wie", begann sie und klang wie ein Frosch, „wie denkst du über deinen Großvater?"

Er zuckte mit den Schultern und ließ seinen Finger

in die Spur hinter ihrem gleiten. Sie schluckte, und ihr Magen verknotete sich.

„Ich bin, was das angeht, mit Seth einer Meinung. Oakley war ein ziemlich armseliger Hund, wenn es um Lebenskompetenzen ging. Er konnte lügen und betrügen und hat wahrscheinlich mehr als einmal das Essensbudget seiner Familie verspielt. Niemand kann verstehen, wie sich eine Frau wie meine Ur-Ur-Ur-Ur-Großmutter Jane in einen solchen Mann verlieben konnte."

Sie hatte aufgehört, das Brandmal nachzuzeichnen, Cole jedoch nicht. Er strich seinen Finger direkt zu ihrer Fingerspitze und hielt inne, als sich ihre Finger berührten. Es war qualvoll für Susan.

„Man kann nicht kontrollieren, in wen man sich verliebt", sagte sie leise. „Vielleicht hatte Jane keine Kontrolle. Sie hat sich in den Bad Boy verliebt, ob sie wollte oder nicht." Genau wie sie es getan hatte – nicht, dass Cole ein Bad Boy gewesen wäre.

Die Wahrheit legte sich erneut über sie wie eine Schlinge um ihr Herz. Sie war in Cole Turner verliebt, und es ließ sich nicht leugnen. Er hatte geliebt und verloren, und sie bezweifelte ernsthaft, dass angesichts der Art und Weise, wie er seine Reise zur Liebe beschrieben hatte, irgendetwas anderes jemals im Vergleich dazu mithalten könnte.

Sie zog ihre Hand zurück und brachte etwas Abstand zwischen sie. Ihre Knie waren weich, als sie ihre Beine zwang, sie durch den Raum in eine sicherere Entfernung zu tragen. *Sicherer* – aber nicht sicher.

Er hasste ihre Lebensweise und verstand sie nicht – und doch schien das unlogischerweise keine Rolle zu spielen. Liebe und Logik spielten nicht auf demselben Spielfeld.

Er würde gehen … und er würde ihr Herz mitnehmen, und es nie erfahren. Dafür würde sie sorgen.

Sie blinzelte heftig, als sie vorgab, die Zierleisten rund um die Fenster zu inspizieren.

„Du bist also fertig?"

„Ja."

Wie konnte eine so einsilbige Antwort so niederschmetternd sein?

„Dann schreibe ich dir den letzten Scheck, und du bist frei", brachte sie hervor und war erschrocken über die Ruhe in ihrer Stimme. Sie hätte nicht so ruhig sein sollen. Sie war die Tochter ihres Vaters und schöpfte aus den Kraftreserven, mit denen er sie so gut ausgestattet hatte. „Wann wirst du abreisen? Ich bin sicher, du wirst gebraucht und vermisst. Wohin du auch gehst."

Sie zog nach Mule Hollow, um sich ein Leben aufzubauen, und dieses Leben war dabei, in den

Sonnenuntergang zu reiten. Sie verdrängte den Gedanken.

„Ich reise morgen früh ab", sagte er leise. „Ich habe heute ein paar Leute zurückgerufen, die Angebote in einer winzigen Stadt nahe der Grenze zu Louisiana wollen. Es gibt immer noch viele Familien, die in provisorischen Unterkünften leben."

„Ich verstehe." Mehr brachte sie nicht heraus, als sie ihre Augen schloss und betete, Gott möge ihr Kraft geben. Ihre eigene würde nicht ausreichen, um Cole weggehen zu sehen. Es war lächerlich.

Cole würde gehen und sie *würde* ihr Leben weiterleben.

Es war nicht so, als hätte sie ihn wirklich lange genug gekannt, um sich *unsterblich* in ihn zu verlieben. Nicht die Art von Liebe, bei der sie ohne ihn nicht leben könnte … diese Art von Liebe … Nun, diese Art von Liebe brauchte Zeit.

Sie zog ihre Schultern zurück und sagte sich, dass es nicht mehr als eine Schwärmerei war. Genau das war es.

„Na dann", sagte sie, „schreibe ich dir den Scheck, dann musst du nicht länger warten. Ich nehme Catherine Elizabeth mit, und du kannst gehen, wann du willst. Mehr Leute als ich brauchen dich jetzt – ich meine –" sie hustete verlegen, „– andere Leute brauchen dich. Jetzt, wo du hier fertig bist."

KAPITEL ZWANZIG

„Also geht er", sagte Norma Sue, glitt neben Adela in die Nische und sah Susan über den Tisch hinweg an.

Susan nickte. Sie hatte beschlossen, bei Sam vorbeizuschauen und dort zu Mittag zu essen. Es hatte Sam unendlich gefreut, dass sie gekommen war. Doch dann waren Esther Mae und Adela zu ihr gestoßen. Und jetzt Norma Sue. Zu diesem Zeitpunkt war Susan sich nicht sicher, was sie sich dabei gedacht hatte, hierherzukommen. Eigentlich hätte sie in ihrer Klinik auf die Lieferung ihrer Ausstattung am Nachmittag warten sollen, doch nachdem Cole gegangen war, den Scheck in der Hand, und sich verabschiedet hatte, hatte sie nicht allein sein wollen. Wenn sie allein geblieben wäre, hätte sie sich in Tränen aufgelöst.

Und Susan Worth tat so etwas nicht.

Neben ihr machte Esther Mae ein trauriges Gesicht. „Das hat Susan gerade gesagt." Sie sah die anderen an. „Was werden wir dagegen unternehmen? Wir können ihn nicht einfach mit seinem Motorrad in den Sonnenuntergang fahren lassen."

„Ganz meine Meinung", sagte Adela und faltete ihre feingliedrigen Hände. „Ich glaube, wir brauchen etwas, das uns ein wenig Zeit verschafft."

„Gute Idee", sagte Norma Sue und trommelte mit den Fingern auf den Tisch.

Susan blickte von einer zum anderen, ihre Gedanken kreisten. „Er geht. Es gibt nichts, was irgendjemand von uns tun kann. Er ist ein erwachsener Mann, der einfach lieber anderswo ist."

Esther Mae räusperte sich. „Verrückter Mann, was denkt er sich nur dabei?"

„Ich weiß es einfach nicht", brummte Norma Sue. „Wir müssen einen Weg finden, ihn noch ein wenig länger hier zu behalten – zumindest bis er zur Besinnung kommt."

„Aber was machen wir?", fragte Esther Mae. „Kannst du an seinem Motorrad herumbasteln, Norma Sue?"

„Was!", keuchte Susan. „Sicherlich nicht."

„Jetzt mach dir nicht ins Hemd, Susan. *Wenn* ich an seinem Motorrad basteln könnte, wäre ich versucht, genau das zu tun. Aber ich weiß nichts über diese Dinger. Und warum um alles in der Welt willst du nicht, dass ich diesen Mann hierbehalte?"

„Ja", feixte Esther Mae. „Schau dich an, Honey, ganz nervös und unruhig."

„Das stimmt, Liebes", sagte Adela. Ihre Augen funkelten schelmisch – sehr untypisch für Adela. „Du bist unruhig, und ich glaube *sehr* verliebt."

Sie konnte die Wahrheit nicht leugnen, also schwieg Susan. Das war alles sehr seltsam.

„Komm schon, gib zu, dass meine Adela recht hat", sagte Sam und kam mit einer Kaffeekanne in der einen und Tassen in der anderen Hand auf sie zu. Er stellte die Tasse vor Adela ab. „Bitte schön, Mädels", sagte er und beugte sich verschwörerisch vor. „Also, wie sieht der Plan aus?"

„Kein Plan", sagte Susan. „Wirklich. Eine Frau muss ihren Stolz haben. Ich kann es nicht haben, dass Cole Turner hierbleibt, weil ihn jemand reingelegt hat."

„Oh, du hast recht", schwärmte Esther Mae. „Aber was ist, wenn er nicht weiß, was du fühlst? Was, wenn du ihn gehen lässt, ohne ihm zu sagen, dass du ihn liebst?"

„Ich habe nie gesagt, dass ich ihn liebe –"

„Oh, du hast es gesagt. Nur nicht laut", sagte Norma Sue gedehnt. „Was willst du jetzt dagegen tun?"

„Ja", sagte Esther Mae. „Du bist jemand, der hart für das arbeitet, was er will. Diese wunderbare Karriere, die du hast, beweist es. Also sitz nicht da und sag, dass du die Liebe deines Lebens einfach aus der Stadt schleichen lässt, weil du keinen Staub aufwirbeln willst."

Susan fing an, sie daran zu erinnern, dass sie nicht gesagt hatte, dass sie ihn liebte, und sie hatte ganz sicher nicht von der Liebe ihres Lebens gesprochen – aber was machte das schon? Sie hatten sie durchschaut.

Und was wirst du jetzt tun?

Sie stand auf. „Ich liebe euch alle sehr, Ladys und Sam. Aber ich habe keine Ahnung, was ich tun soll. Wirklich nicht." Sie ging zur Tür.

„Nun, dann renn nicht einfach weg. Lass uns gemeinsam einen Plan ausarbeiten", sagte Norma Sue.

„Nein, ich bekomme eine Lieferung, für die ich nach Hause muss. Und ich muss nachdenken. Aber", fügte sie hinzu und brachte ein Lächeln zustande, „ich danke euch allen für euer Mitgefühl."

Norma Sue blickte Susan hinterher und sah sich dann am Tisch um. „Wir können nicht einfach hier sitzen und das geschehen lassen."

„Ich sage euch, er liebt Susan", sagte Sam. „Ich

spüre es. Und selbst falls es noch keine Liebe ist, ist sie auf der Überholspur dorthin. Ich denke, dass sie nur ein bisschen mehr Zeit brauchen. Wenn er wegen was auch immer ihm nach dem College passiert ist, abhauen und weglaufen sollte, bekommen wir ihn vielleicht nie wieder hierher zurück."

Norma Sue zog die Schultern hoch und starrte auf die Jukebox, die auf der anderen Seite des Raumes stand. „Aber, Sam, Norma hat keine Ahnung von Motorrädern. Sie kann nicht damit herumspielen", sagte Esther Mae mit einem langen Seufzer. „Also, wie sollen wir ihn sonst hierbehalten?"

Sam runzelte die Stirn. „Das ist das Problem. Vielleicht könnt ihr Mädels einfach da rübergehen und ein paar Teile abschrauben."

„Ja, du meinst sie stehlen", schnaubte Norma Sue. „Ich sehe Sheriff Brady oder Deputy Zane schon kommen, um mich ins Gefängnis zu schleppen."

„Okay, Kommando zurück und Auszeit", sagte Adela sanft. „Wir können das Gesetz nicht brechen. Wir müssen uns was anderes einfallen lassen."

„Du hast recht, Sweetheart", sagte Sam. „Ich will nicht, dass sie dich verhaften müssen –Esther Mae und Norma, die können sie haben."

„Nicht lustig", sagte Adela. Sie streckte sich über Norma Sue und tätschelte seinen Arm. „Niemand tut irgendetwas, um Brady oder Zane in diese Position zu bringen. Wir können die Situation möglicherweise nicht beheben. Wenn Susan nichts sagt, muss Gott eingreifen."

„Das stimmt", sagte Norma Sue und hob ihre Tasse. „Lasst uns einfach beten, dass bis morgen früh etwas passiert, das Coles Meinung ändert."

Esther Mae schnappte nach Luft. „Ich kann nicht einfach hier sitzen und Däumchen drehen. Es muss etwas geben, was wir tun können."

„Geduld, Esther Mae", sagte Adela und tätschelte die Hand ihrer Freundin.

Esther Mae runzelte die Stirn. „Ich kann nicht nur hier herumsitzen", schnaubte sie. „Wir sind aus einem bestimmten Grund hier. Mädchen, ich denke, es ist Zeit zum Handeln!"

„Dann gehst du also", sagte Seth, offensichtlich nicht glücklich.

Cole hatte ein Pferd gesattelt und war rausgeritten, wo Seth nach den Kälbern sah. Es fühlte sich gut an, auf einem Pferd zu sitzen. Seine Gedanken waren aufgewühlt gewesen, als er geritten war, doch trotzdem hatte er es genossen, über das Land zu reiten, das er liebte.

„Ich habe dir doch gesagt, dass ich gehen würde",
sagte er, rutschte im Sattel herum und blickte zu der
Schlucht hinüber, die er, Cole und Wyatt als Kinder
viele Tage lang erkundet hatten. „Du musst jemand
anderen einstellen." Er begegnete dem durchdringenden
Blick seines Bruders.

Seths Kiefer verkrampfte sich und Cole wusste,
dass er versuchte, seine Worte nicht von seiner Wut
diktieren zu lassen. Seth war so, ruhig im Sturm. Fest
wie ein Fels.

„Du vermisst das hier." Er nickte und ließ seinen
Blick über das Land schweifen, bevor er ihn wieder
ansah. „Du kannst nicht für den Rest deines Lebens
davonlaufen, Cole. Ich wiederhole mich, aber wie soll
ich sonst zu dir durchdringen? Alle guten Taten auf der
ganzen Welt werden Lori nicht zu dir zurückbringen.
Du kannst die Vergangenheit nicht ändern."

„Das behaupte ich ja gar nicht. Ich helfe Menschen,
weil es einfach das ist, was ich tue."

„Das ist edel von dir, und du hast mit dem, was du
tust, viele Leben verändert, aber ich brauche dich hier
und auf der anderen Ranch. Ich brauche deine Hilfe. Du
musst deinem Leben hier auf der Ranch Struktur geben.
Und was ist mit Susan?"

„Was ist mit ihr?"

„Du hast keine Gefühle für sie?"

265

Cole schluckte; er wollte die Frage verneinen, doch er konnte nicht. Er konnte Seth keine Lüge erzählen. „Ich sorge mich um sie. Aber sie braucht mehr als einen Mann, der, wie du es ausdrückst, ‚die Augen vor der Wahrheit verschließt'. Sie braucht mehr, als ich geben kann."

„Mehr als du geben kannst oder mehr als du zu geben bereit bist? Da ist ein großer Unterschied, kleiner Bruder."

Cole gefiel das nicht.

„Hör zu, Cole, ich hatte mit meinen eigenen Problemen zu kämpfen, als Melody in mein Leben gekommen ist, also denk nicht, dass ich dich deswegen verurteile. Ich weiß nur, dass ich gesegnet bin, weil ich diese Probleme gelöst und Melodys Liebe festgehalten habe. Ich will nur, dass du das Glück hast, von dem ich weiß, dass das Leben es auch für dich bereithält. Und mein Bauchgefühl sagt mir, dass Susan diejenige ist, die dich glücklich machen wird. Geh nicht. Zumindest jetzt noch nicht."

„Tut mir leid, Seth. Ich fahre morgen nach der Kirche los. Nachdem ich mich von allen verabschiedet habe."

Am frühen Sonntagmorgen verließ Cole das

Postkutschenhaus und starrte auf sein Motorrad. Sechs Jahre lang hatte es für ihn Entkommen repräsentiert. Als die Welt um ihn herum zusammenzubrechen begann, hatte er sein Leben eingepackt und sich auf den Weg gemacht.

Doch er hatte die ganze Nacht kaum geschlafen, weil sein Verstand und sein Herz gekämpft hatten. Er war sich nicht sicher, ob wieder auf die Straße zu gehen das war, was er jetzt brauchte.

Vielleicht hatte Seth recht. Vielleicht würde er, wenn er nicht irgendwann Stellung bezog, niemals Frieden finden, weil er sich gewissen Dingen nicht stellen wollte. Hatte er wirklich nur die Augen vor der Realität verschlossen? Waren die ganzen letzten sechs Jahre, in denen er anderen geholfen hatte, ein einziges Nichtwahrhabenwollen von seiner Seite?

Der Gedanke schmerzte ihn.

Er hatte geglaubt, anderen zu helfen, obwohl es einfach eine feige Art und Weise gewesen war, sich seinen Problemen nicht stellen zu müssen … Er hatte sich nicht dem Schmerz und Groll gestellt, der ihn wegen Lori innerlich auffraß. Warum hatte sie sterben müssen?

Er stellte seine Satteltasche auf die Veranda und ließ sich auf die Stufen nieder. Er wusste, dass Seth versuchte, ihn dazu zu bringen, sich seiner

Verantwortung zu stellen – und diese Ranch war genauso seine Verantwortung wie die von Seth. Aber konnte er bleiben? Wollte er bleiben?

Es war acht Uhr. Er hatte vorgehabt, um sechs schon unterwegs zu sein, um dem Verkehr zuvorzukommen – oder um zu vermeiden, sich von irgendjemandem verabschieden zu müssen? Er hatte Seth gesagt, dass er in die Kirche gehen würde, doch er hatte entschieden, dass es besser wäre, es nicht zu tun. Er hatte sich bereits am Vortag in der Klinik von Susan verabschiedet.

Und er war mit Felsbrocken im Bauch von ihr weggefahren.

Susan. Er ließ sie zurück. Sein Herz tat weh, wenn er daran dachte.

Davon hatte er Seth nichts erzählt, als er hinausgeritten war, um ihm die Nachricht zu überbringen, dass er ging.

Es hätte Seth nur entschlossener gemacht, ihn hierzubehalten. Cole hob seine Tasche auf. Es war Zeit, zu gehen.

Zeit, mit dem Grübeln aufzuhören und zu fahren.

Susan hatte kein Auge zugetan. Sie war die ganze Nacht auf und ab gegangen, und Fakt war, dass sie Cole nicht loslassen konnte. Sie hatte nicht die Macht gehabt, ihre Mutter oder ihren Vater bei sich zu halten – aber sie hatte die Macht, zumindest zu versuchen, Cole in ihrem Leben zu behalten. Nein, sie konnte ihn nicht gehen lassen.

Nicht, ohne ihm zu sagen, dass sie ihn liebte.

Nicht, ohne zumindest zu versuchen, ihn zum Bleiben zu bewegen.

Die alten Ladys hatten recht. Sie hatte für alles gekämpft, was sie jemals erreicht hatte. Ihr Vater hatte ihr beigebracht, sich ein Ziel zu setzen und es zu verfolgen. Und jetzt war dieses Ziel, die Liebe ihres Lebens auch in ihrem Leben zu behalten!

Als Susan von der Veranda eilte, hatte sie die Tür ihres Trucks schon offen und einen Fuß im Wagen, als Catherine Elizabeth die Stufen hinunterpolterte.

„Bleib, Mädchen. Ich kann dich nicht mitnehmen!", rief Susan und sprang in den Truck. Ein erbärmliches Heulen erfüllte die Luft. „Nicht jetzt", stöhnte sie.

Sie hatte so lange gewartet, dass sie befürchtete, dass Cole bereits unterwegs war. Sie erwartete nicht, dass er in die Kirche gehen würde. Er musste sich bewusst sein, dass, wenn er dorthin ginge, jeder versuchen würde, ihn zum Bleiben zu bewegen. Also nahm sie an, dass er wahrscheinlich in den

Sonnenuntergang gefahren war. Doch es bestand immer noch die verschwindend geringe Chance, dass er es nicht getan hatte.

Sie hatte keine Zeit zu verlieren. Doch Catherine Elizabeth sah so traurig und einsam aus … Susan sprang aus dem Truck, rannte zur Beifahrerseite und öffnete die Tür. „Komm, Mädchen. Holen wir ‚meinen Mann‘, wie Mrs. A. ihn genannt hat."

Catherine Elizabeth kam herübergeschlendert und wartete, während Susan sich bückte, um sie hochzuheben. Es war, als würde sie versuchen, allein eine Kuh auf den Beifahrersitz zu wuchten.

„Okay, ich kann das", keuchte sie, passte ihren Griff an und versuchte es noch einmal. Nichts geschah.

Susan musste den Hund in den Truck bringen. Zeit war von entscheidender Bedeutung. Sie war Tierärztin. Sie hob andauernd Tiere auf Untersuchungstische. Sie sollte auch Catherine Elizabeth hochheben können. Susan legte einen Arm unter den übergewichtigen Hund und den anderen um ihre Hinterbeine, holte tief Luft und keuchte …

„Ich will deine Gefühle nicht verletzen", knurrte sie, als sie es geschafft hatte, sie hochzuheben, „aber wir setzen dich auf Diät, während Mrs. A. sich erholt."

„Eine kluge Frau hat mir einmal gesagt, ich solle in die Knie gehen, wenn ich sie hochhebe. Vielleicht funktioniert es für dich auch."

Bei den gedehnt gesprochenen Worte hinter sich ließ Susan fast die arme Catherine Elizabeth auf ihren wohlgerundeten Hintern fallen. Zum Glück trat Cole hinter Susan hervor und rettete den Hund, bevor etwas passieren konnte.

„Wo kommst du denn her?" Susans Herz pochte in ihrer Brust, als sie ihn ansah. Er war groß und breitschultrig und sah so felsenfest aus, als er den alten Hund in den Armen hielt.

„Einen Moment nur." Sie sah sich um. Sie hatte weder einen Truck noch ein Motorrad vorfahren gehört, und als sie sich umsah, sah sie auch nichts. „Wie bist du hierhergekommen?"

„Scheint, als wäre mir der Sprit ausgegangen", sagte Cole, setzte den Hund sanft auf den Boden und tätschelte ihn, bevor er sich aufrichtete.

„Wo?"

„Ungefähr fünf Meilen von deiner Abzweigung entfernt."

„Aber –" Susan runzelte die Stirn – die Ladys hatten das sicher nicht getan. Ein lebhaftes Bild der Damen auf einer verdeckten Mission blitzte vor ihrem geistigen Auge auf. „Wie?"

Er musterte sie mit hellen Augen. „Ich war so sehr darauf bedacht, wegzukommen, dass ich vergessen habe zu tanken."

„Gott sei Dank." Norma Sue und Esther Mae hatten sich nicht zu seinem Haus geschlichen und seinen Benzintank geleert.

Er grinste. „Wirklich. Und warum genau bist du so froh, dass ich vergessen habe zu tanken?"

„Nein, ich meine –" Sie hielt inne, und wollte leugnen, dass sie das so gemeint hatte, obwohl sie es eigentlich sehr wohl so gemeint hatte. Es spielte keine Rolle, dass er gerade bestätigt hatte, dass er es so eilig gehabt hatte, die Stadt zu verlassen – *sie* zu verlassen –, dass er vergessen hatte zu tanken. Es spielte keine Rolle. Das Einzige, was zählte, war, dass er hier war.

„Ich meinte Gott sei Dank, dass du die Stadt nicht verlassen hast, bevor ich dir sagen konnte, dass ich dich liebe", platzte sie mit Lichtgeschwindigkeit heraus. „Mir ist klargeworden, dass ich dich die Stadt nicht verlassen lassen kann, ohne es dir zu sagen. Ich war auf dem Weg, um zu versuchen, dich aufzuhalten, als du aufgetaucht bist. Ich weiß, dass dir mein Lebensstil nicht gefällt. Ich weiß, dass du Lori geliebt hast. Und ich weiß, dass du liebst, was du tust. Es ist unmöglich und verrückt, auch nur zu denken –" Sie hielt inne, als sich ein breites Grinsen auf Coles Gesicht ausbreitete.

„Gott sei Dank." Seine Augen schienen ihr Gesicht zu streicheln, als er sie anlächelte.

„Was?"

Er trat einen Schritt auf sie zu und legte seine Hände auf ihre Schultern. „Gott sei Dank liebst du mich", sagte er. „Weil ich dich auch liebe und es mir sicher nicht gefallen hätte, die ganzen fünf Meilen hierher zu laufen, nur damit du mir sagst, dass es umsonst war."

„Bist du sicher?"

Cole lachte und zog sie in seine Arme. „Ja, ich bin mir sicher, dass ich dich liebe. Ich war mir in meinem ganzen Leben noch nie einer Sache so sicher. Ich habe es bis zur Kreuzung geschafft, und ich konnte nicht weiter. Ich wusste, dass ich diesmal nicht wieder weggehen wollte. Ich bin weggelaufen, genau wie Seth gesagt hat. Ich war wütend über meine unbeantworteten Gebete und zu stur, um zu sehen, was für ein schönes Geschenk Er mir gemacht hatte, Lori zu kennen und sie zu lieben. Du hast mir geholfen, das zu sehen. Doch als ich an der Kreuzung angekommen bin, wurde mir klar, dass ich ein weiteres Geschenk bekommen habe … dich. Ich verdiene sicherlich keine zweite Chance auf Glück, zumal ich Narr versucht habe, vor dir wegzulaufen. Ich habe den ganzen Weg hierher gebetet, dass du mir sagen würdest, dass du mich auch liebst."

„Oh, Cole", flüsterte Susan. „Du hast für mich gebetet."

Cole nahm ihr Gesicht in seine Hände, so zärtlich, dass sie weinen wollte – und sie tat es, als ihr eine Träne über die Wange lief. Er küsste sie weg, seine Lippen strichen warm und zärtlich über ihre Wange und ließen ihren Atem in ihrer Brust stocken.

„Ich habe den ganzen Weg hierher gebetet und von ganzem Herzen gehofft, dass du mich auch lieben würdest."

„Ach, Cole. Ich liebe dich so sehr."

„Auch wenn ich so stur bin, wenn es darum geht, dass du auf dich aufpasst?"

Susan genoss das Gefühl seiner Arme um sie. Es war ein Gefühl, von dem sie wusste, dass sie dessen nie müde werden würde.

„Ich habe entschieden, dass ich es liebe, jemanden zu haben, der auf mich aufpasst. Jemanden, der mich genug liebt, um das Beste für mich zu wollen –"

„Dann bin ich in diesem Fall dein Mann. Aber ich möchte dich auch bei dem, was du tust, unterstützen. Ich bin stolz auf das, was du tust, Susan. Denke niemals, dass ich es nicht bin. Ich will nur, dass du in Sicherheit bist, und ich möchte dir auf jede erdenkliche Weise helfen, wenn du mich haben willst", murmelte er, seine Lippen nur einen Hauch von ihren entfernt.

Susan lächelte gegen seine Lippen und schlang ihre Arme um seinen Nacken. „Ich will dich für den Rest unseres Lebens haben", sagte sie, und dann, als seine Lippen ihre eroberten, seufzte sie vor Glück.

In Coles süßer Umarmung, mit seinem pochenden Herzen neben ihrem, wusste Susan, dass ihr mit ihrem Cowboy für immer der Segen ihres Lebens geschenkt worden war. Cole würde sie herausfordern, genau wie sie ihn, und ihr Leben würde niemals langweilig werden. Sie lächelte bei dem Gedanken gegen seine Lippen und küsste Cole mit einer tiefen und wahren Liebe … und sie wusste, dass sie es nicht anders gewollt hätte.

EPILOG

„Also, wann ist der große Tag?", fragte Wyatt, seine durchdringenden dunklen Augen auf Cole gerichtet. Sein großer Bruder war endlich in der Stadt angekommen, eine Woche nachdem Susan zugestimmt hatte, Cole zu heiraten.

Heute war die große Eröffnung der Tierklinik von Mule Hollow und die ganze Stadt war hier. Es war wie ein kleiner Jahrmarkt mit all den Spielen und Essen und viel Spaß. Er war so oft auf den Rücken geklopft worden, dass er dachte, er müsste vielleicht der Erste in der Schlange sein, um die liebevolle Fürsorge der schönen Tierärztin zu fordern … keine schlechte Idee.

„Wir sehen uns die Daten an und sind uns ziemlich sicher, dass wir nächsten Monat heiraten werden. Du wirst hoffentlich da sein."

„Ich würde es um nichts in der Welt verpassen. Du

bist glücklich, nicht wahr, kleiner Bruder?"

Cole lächelte. Er konnte nicht anders. „Ich bin glücklicher als je zuvor. Danke, dass du darauf bestanden hast, dass ich nach Hause komme. Von unserem ersten Treffen an hat alles perfekt für uns geklappt, nachdem Susan und ich uns an diesem ersten Abend kennengelernt haben. Und dann, als ihr Bauunternehmer ihr abgesagt hat … Warum grinst du so?", fragte Cole, als er das schelmische Funkeln in Wyatts Augen bemerkte. In seiner Kindheit hatte er diesen Blick oft gesehen.

„Tank hat mir erzählt, dass er eine Menge Spaß auf seinem Angelausflug hatte –"

„Boah, warte! Tank? Ist das derselbe Tank, mit dem du früher Poker gespielt hast?"

Wyatt zog eine Augenbraue hoch. „Vor langer Zeit, bevor ich vernünftig geworden bin – in meinen abtrünnigen Tagen habe ich diesem Mann beim Poker das letzte Hemd abgenommen. Scheint nur richtig, dass ich ihm die Reise seines Lebens geschenkt habe, um das wiedergutzumachen."

Cole konnte nicht fassen, was er hörte … andererseits, ja, er konnte es. Das war immerhin Wyatt. „Du warst es die ganze Zeit! Ich hätte es wissen sollen."

„Ich habe dir gesagt, dass ich alles tun würde, um dich nach Hause zu bringen", sagte er und klopfte ihm auf die Schulter. „Als ich dich und Susan bei Seths Hochzeit gesehen habe, fing mein Verstand an zu arbeiten. Ich war mir sicher, dass ihr beide füreinander bestimmt seid … und ich konnte mir die Gelegenheit nicht entgehen lassen, euch zusammenzubringen."

Cole lachte. Auf der anderen Seite des Raums begegnete er Susans Blick. Sie hatten einen langen Weg hinter sich und freuten sich auf das Leben, das vor ihnen lag. Er dankte Gott jeden Tag für sie.

„Wie könnte ich dir deswegen böse sein, wenn Susan da drüben steht und mich mit so viel Liebe im Blick ansieht?" Und es stimmte. „Wenn du mich jetzt entschuldigen würdest, ich glaube, ich werde meine wunderschöne Verlobte umarmen gehen – aber pass auf, großer Bruder. Was für zwei Turner-Männer gut ist, ist für den dritten nur billig. Bald bist du an der Reihe."

„Nein, Cole. Oh nein, das bin ich nicht!"

Cole schmunzelte und ließ seinen stammelnden Bruder zurück.

Ihm gefiel die Idee, den Spieß umzudrehen. Wyatt zu verkuppeln, das war ein interessanter Gedanke, doch im Moment hatte Cole andere Dinge im Kopf … Susan war seine Priorität. Aber trotzdem war es etwas, das er später in Betracht ziehen sollte. Cole wusste, dass es einer ganz besonderen Frau bedurfte, um mit Wyatt Turner zurechtzukommen. Das würde eine unterhaltsame Romanze abgeben … doch welche Frau konnte den anspruchsvollen Cowboy ertragen?

Coles Blick begegnete Susans … und sein Herz schwoll vor Liebe an, und er wusste, wenn sie ihn ertragen konnte, dann gab es sicherlich irgendwo da draußen eine Frau, die sich mit seinem Bruder messen konnte.

Weitere Bücher von Debra Clopton

Turner Creek Ranch Serie - Die Cowboys von Mule Hollow
Schätze mich, Cowboy
Rette mich, Cowboy
Mach mich ganz, Cowboy
Schmeichle mir, Cowboy

Windswept Bay
Von Diesem Moment An
Irgendwo Mit Dir
Mit Diesem Kuss & Für Immer Und Ewig
Warten Auf Liebe
Mit Diesem Ring
Mit Diesem Versprechen
Mit Diesem Schwur
Mit Diesem Wunsch
Mit dieser Ewigkeit

Die Cowboys von Ransom Creek
Ihr Cowboy-Held (Vorgeschichte)
Braut zu mieten
Cooper
Shane
Vance
Drake
Brice

Über die Autorin

Die Bestseller-Autorin Debra Clopton hat bereits über 2,5 Millionen Bücher verkauft. Ihr Buch OPERATION: MARRIED BY CHRISTMAS soll sogar als ABC Familienfilm verfilmt werden. Debra ist bekannt für ihre modernen Westernromanzen, texanischen Cowboys und temperamentvollen Heldinnen. Romantik und eine Prise Humor werden immer miteinander verflochten, um den Leser zum Lächeln zu bringen. Als Texanerin in sechster Generation lebt sie mit ihrem Ehemann auf einer Ranch im Herzen von Texas und freut sich immer über Zuschriften von ihren Lesern.

Besuche Debras Website unter
debraclopton.com/deutsch

Melde dich für ihren Newsletter
www.subscribepage.com/KostenloseTexascowboyrom
antik

Triff sie auf Facebook unter
www.facebook.com/debra.clopton.5

Folge ihr auf Twitter unter @debraclopton

Kontaktiere sie unter debraclopton@ymail.com